HARMONIES DU CŒUR,

RECUEIL DE POÉSIES

PAR JOSEPH FOUQUE.

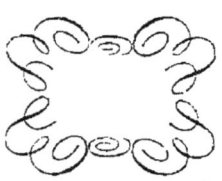

MARSEILLE.

CHEZ V. BOY, ÉDITEUR, | IMPRIMERIE A. GRAVIÈRE,
Boulevart Dugommier, 1. | Rue Paradis, 31.

1855.

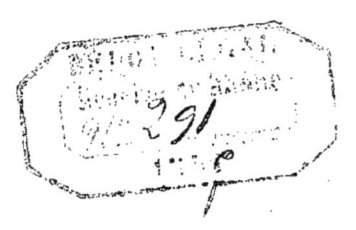

HARMONIE DU CŒUR.

HARMONIES DU CŒUR,

RECUEIL DE POÉSIES

Par Joseph FOUQUE.

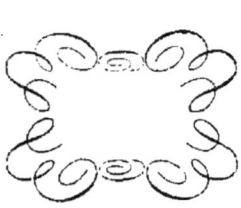

MARSEILLE.

CHEZ V. BOY, ÉDITEUR,
Boulevart Dugommier, 1.

IMPRIMERIE A. GRAVIÈRE,
Rue Paradis, 31.

1855.

LA POÉSIE.

La poésie est la révélation mystérieuse de
notre intelligence faite, au profit de tout ce
qu'il y a de plus grand et de plus sublime
dans la conception de la pensée, elle est l'écho
des sensations du cœur, comme elle en est l'ex-
pression la plus spontanée, elle s'inspire de
ce que la nature a de plus magnifique dans ses

images et de plus mélodieux dans les sons.
C'est une langue complète, qui raconte, peint
et chante en même temps, les objets qui tom-
bent sous les sens, pour nous les rendre plus
sympathiques. En effet, n'a-t-elle pas pour
elle, l'idée qui parle à l'esprit, le sentiment,
qui s'adresse à l'âme et l'harmonie qui charme
l'oreille. C'est ce qui fait que la poésie est si
éloquente, je dirai même qu'elle devient in-
dispensable dans les actes ou les événements
les plus solennels de la vie des peuples, comme dans celle des particuliers. Elle chante
les joies, les amours et les douleurs de la famille, comme elle exhalte la gloire des nations
conquérantes; légère dans la barcarole, gaie et
piquante dans la chansonnette, sublime dans
l'ode, suave de tristesse dans l'élégie, grave et
sérieuse dans l'épopée. La poésie sait toujours
revêtir une forme qui plaît, séduit, console ou
instruit selon le genre auquel on veut l'assuje-
tir; ceci posé, que l'on ne vienne pas me dire
que la poésie a fait son temps, comme le pré-
tendent certains esprits; car pour qu'il en fut
ainsi, quelque soit l'amour du positif qui dis-
tingue notre époque, il faudrait que l'homme,
ferma son cœur et ses yeux aux beautés inces-
santes de la nature et qu'il réduisit son intelli-

gence aux proportions arithmétiques de son intérêt. Grâce à Dieu je n'ai pas cette conviction, la France et notamment le Midi de la France est encore la terre classique des révélations poétiques et des instincts généreux. En dehors des besoins prosaïques de l'existence que l'homme trouve dans les produits du commerce, son âme a des nobles aspirations qui le poussent sans cesse à la recherche des œuvres de l'intelligence, dont il aime à nourrir son cœur. Je n'ai pas la prétention d'avoir fait une de ces œuvres, qui remplissent des conditions aussi difficiles; mais ce recueil que je recommande essentiellement à l'indulgence du lecteur, me recompensera suffisamment de mes veilles : s'il a pu lui plaire.

Jh FOUQUE.

LA POÉSIE.

J'étais à l'âge heureux que berce l'espérance,
Où l'avenir riant étale ses couleurs,
Où l'esprit est content vivant d'indifférence,
Car la vie est alors exempt de douleurs.

Aussi, j'allais heureux de colline en colline,
Abaissant sous mes pas bien de monts orgueilleux
A l'heure où le soleil vers l'horizon décline
Et les rumeurs du jour s'éteignent en tous lieux.

Nonchalamment assis sur un granit de pierre ,
Qu'a bruni le soleil à la suite des ans ;
J'interrogeais les cieux , les airs et la lumière
Et je sentais un Dieu qui pénétrait mes sens.

Certain soir, que j'étais dans un chaste délire ,
Des ombres de la nuit il m'apparut soudain ;
Un ange ! un Dieu ! qui sait ! lui seul eut pu le dire ,
Mais cet être à mes yeux me sembla surhumain.

De sa voix s'échappaient des torrens d'harmonie,
Qui ravissaient mes sens d'ineffable bonheur ;
Je voyais sous ses traits éclater le génie,
Je sentais des pensers s'éveiller dans mon cœur.

Depuis lors , j'ai souvent entendu dans mon âme ,
Resonner des accens qui m'étaient inconnus ,
Harmonieux et doux comme ceux d'une femme ,
Qu'un souvenir d'amour au cœur a retenus.

Etre mystérieux , qui m'apparus en songe ,
Quand mes sens engourdis attendaient le reveil ,
Toi , sans qui je dirais le bonheur est mensonge
Et la vie un profond immobile sommeil.

Ne m'abandonne pas sur la route du monde ,
Montre-toi tout entier à mes yeux étonnés ,
Comme une étoile aux cieux dans une nuit profonde ,
Se montre aux voyageurs parfois abandonnés ;

Dis-moi quel est ton nom si ce n'est un mystère?
Par hasard serais-tu le messager d'un Dieu?
Habites-tu le ciel? habites-tu la terre?
Mais comme j'achevais, l'ange me dit: adieu.

LE PRINTEMPS.

Déjà la neige fond aux sommets des montagnes ,
Aux froids brouillards d'hiver succède un beau soleil,
Ses chauds rayons dorés innondent les campagnes
Et la terre sourit à son premier reveil.

A peine les lueurs de l'aube matinale ,
Déteignent sur le sein des ombres de la nuit ,
Que l'alouette aux cieux s'élève en spirale ,
Pour donner le signal de la joie et du bruit.

Sur l'aubépine en fleur la légère fauvette ,
Chante en se balançant, son premier chant d'amour ;
La cloche du hameau , qu'au loin l'écho répète ,
Comme une voix du ciel , semble annoncer le jour.

Parfois, l'on voit trembler sur l'agreste colline ,
Le romarain , le thym, au souffle du zéphir ,
Et l'aspic si fluet, qui s'agite ou s'incline
Au caprice du vent , au regard semble fuir.

Sous les arceaux des bois, dômes aux frais ombrages,
Quand la brise un matin pleure ou chante en passant,
On voit et l'on entend sous ces épais feuillages,
Les oiseaux remplir l'air d'un concert ravissant.

Ici le clair ruisseau dans sa course indécise,
Roule nonchalamment son onde sur ses bords,
Où des saules plaintifs que caresse la brise,
Rendent en s'agitant d'harmonieux accords.

Là sur des frais tapis, de fleurs et de verdure,
L'on voit bruter, bondir des agneaux, des moutons,
Leurs bêlemens aigus se mêlent au murmure
Du bruit des eaux, des vents qui courent les vallons.

Plus loin, c'est une plaine ou s'ébat l'hirondelle
Avec ses cris de joie et ses ailes au vent,
Au retour du printemps voyageuse fidèle,
Qui vient bâtir son nid, sous nos toits bien souvent.

Sur la tige, la fleur qui vient d'éclore à peine,
Répand sur le gazon les larmes de la nuit,
Le papillon s'y pose et boit à longue haleine
Cette eau, nectar du ciel, dont le charme séduit.

Ce calice de fleur, symbole de la vie,
Au matin de nos jours déborde de bonheur;
Quand ce calice est plein, nous soupirons d'envie,
Et nous ne le vidons jamais qu'avec douleur.

Puisqu'ici le bonheur de nos mains s'évapore,
Comme l'ombre d'un bien qu'on ne peut retenir;
Mon Dieu! reserve-nous une immortelle aurore,
Pour jouir d'un bonheur qui ne doit point finir.

JEUNE FILLE.

Dès que l'aube blanchit la plaine
Et que le vent soupire à peine,
Jeune fille tu cours aux champs,
Pourquoi vas-tu dans la prairie
Cueillir sur sa tige fleurie
La fleur éclose du printemps?

Pourquoi vas-tu silencieuse
Penchant ton front et soucieuse,
Dis-moi, cherches-tu le bonheur?
Qui rend ainsi ton âme émue,
Serai-ce une voix inconnue?
Qui s'élève au fond de ton cœur?

Quel âge as-tu ? seize ans Elvire !
Plus d'une fois ton cœur soupire ,
Il est bien cruel je le vois,
De se taire quand la nature
Dans chaque objet chante ou murmure
Et pour aimer a tant de voix.

UNE VOIX INCONNUE.

Le soir quand l'étoile
Brillante à mes yeux,
Vient percer le voile
Qui ternit les cieux.

Que sa clarté molle
Se mirant dans l'eau,
Suit comme une folle
Le cours d'un ruisseau.

2

Alors sur la rive
Près d'un gazon vert,
Une voix m'arrive,
Qui chante dans l'air.

Cette voix étrange
Aux accens si doux,
Semble une voix d'ange,
Dont je suis jaloux.

Elle semble dire,
Ouvre-moi ton cœur,
Par moi tout respire,
Je suis le bonheur.

Je suis la puissance,
Qui fait tout mouvoir,
Et l'intelligence
Qui sait tout prévoir.

Si l'étoile file
Sous le firmament,
C'est qu'elle est docile
Au grand mouvement.

Si dans sa carrière
Le grand astre roi,
Verse la lumière,
C'est d'après ma loi.

De l'insecte à l'homme,
De la terre aux cieux,
Jusqu'au moindre atome
N'échappe à mes yeux.

Je sème l'espace,
Je compte les jours,
De l'astre qui passe,
Je règle le cours.

Je pèse la terre
Où des hommes vains,
Se font par la guerre
Maîtres des humains.

Je suis accessible
Pour qui me comprend,
Mais je suis terrible
Au près d'un tyran.

Je sème ma route
De la vérité,
Qui me suit, m'écoute,
A l'éternité.

A ces mots mon âme,
Joignant ses efforts,
Comme un trait de flamme,
Vole à ces accords.

Mais bientôt la nue
Obscurcit les airs,
La voix inconnue
Suspend ses concerts.

Et mon âme en peine
Qui cherchait sa voix,
N'entend que l'haleine
Du vent dans les bois.

L'AMITIÉ.

Il est au fond du cœur un sentiment bien doux,
Qui rend, l'homme accessible, au malheur parmi nous
Des trésors enfouis dans la terre ou sous l'onde,
Rien ne peut égaler un amitié profonde ;
Elle seule , devrait dans le sentier humain,
De la vie à la mort nous mener par la main.
Et pourtant, ce bienfait, cette vertu si rare,
Le ciel , semble pour nous s'en montrer trop avare,

Sans elle, que devient le mot fraternité,
N'est-elle pas en fait l'anneau d'humanité ?
Ne donne-t-elle pas cet amour tutélaire,
Qui fait, que l'homme voit dans l'homme un autre frère?
N'est-elle pas enfin cette fibre du cœur,
Qui fait, que l'homme pleure à la voix du malheur ?
L'amitié, doux élan que traduit la parole,
Comme un bienfait du ciel, ranime et nous console,
Au milieu des malheurs quand l'homme est combattu,
S'il triomphe, ce n'est que par cette vertu.
Heureux, celui qui peut au déclin de la vie,
Compter sur l'amitié que son âge convie,
Et surtout s'il a pu se trouver malheureux,
Avoir eu des amis sincères et nombreux ;
Ah ! l'amitié n'est pas ce sentiment vulgaire,
Dont on parle beaucoup ; mais qu'on ne connait guère ;
Elle n'habite pas sous les lambris dorés,
Mais souvent on la trouve en des lieux ignorés.
Son temple est un cœur pur où jamais l'artifice,
Ne détrempa le fiel de la noire malice,
Jamais, on ne la vit au sein de la grandeur
Grimacer la bonté sous l'étreinte froideur,
Ni, dans des vains discours gonflés de rhéthorique
Où le cœur est absent et l'esprit amphatique ;
Non, ce n'est pas celui qui l'affecte le plus,
Qui, dans l'éclat pompeux des regrets superflus,
Tardivement vous dit, sans qu'il soit nécersaire,
Qu'il fut seul votre ami, qu'il le fut bien sincère.
Puis, sachant que de lui l'on aura nul besoin,
D'un inutile ami, s'en donne alors le soin ;

Non, ce n'est point ainsi que l'amitié se montre,
Simple dans sa bonté, toujours on la rencontre;
Elle veille sur nous dans le sentier humain;
Au faible et malheureux, court lui donner la main,
Suit l'homme pas à pas et de peur qu'il ne tombe,
Écarte la douleur jusqu'au seuil de la tombe.
Ainsi fait l'amitié, mais ce don précieux,
Comme un rare trésor se cache à tous les yeux,
Heureux, celui qui peut dans le désert du monde,
Trouver enfin un cœur qui l'aime et lui réponde :
Et s'il l'a pu trouver, qu'il considère bien,
Qu'à l'égal d'un ami, dans ce monde il n'est rien.

SUR LA COLLINE.

MÉDITATION.

J'aime quand le soleil décline .
Quittant le toit de ma maison ,
M'acheminer vers la colline
Où rien ne borne l'horizon.

Là , du sommet de la montagne,
L'immensité roule à mes yeux ;
Je vois s'arrondir la campagne,
Sous le dôme azuré des cieux.

Rien , ne saurait de la nature
Égaler le charme incessant ,
Ni cette immense architecture ,
Chef-d'œuvre, d'un Dieu tout-puissant.

Ici, les bois, l'onde et la plaine,
Là, des troupeaux, des frais vallons,
Puis au loin, le vent dont l'haleine
Courbe les blés dans les sillons.

Au tour de moi, l'air et l'espace,
Je vois à l'Occident vermeil,
Pâlir la lumineuse trace,
Que laisse en passant le soleil.

Le crépuscule de son ombre,
Retient le jour, suspend la nuit,
Puis, sous son voile épais et sombre
Le jour déteint, pâlit, s'enfuit.

C'est l'heure où la première étoile,
Apparaissant sous le ciel bleu,
De la nuit vient percer le voile
Pour nous verser son plus doux feu.

Tout à coup la lune s'élance,
Par delà, les monts, sous les cieux,
Et dans l'espace elle s'avance,
Suivant son cours silencieux.

Devant cette grande merveille,
OEuvre de la création,
La foi dans mon cœur se reveille,
Par un cri d'admiration.

Aux cieux j'adresse ma prière,
Pensif, je reprends mon chemin,
Et je dis à cette lumière :
Puisse-je encore te voir demain ?

L'IMAGINATION.

Au déclin d'un beau jour, quand les cieux vermillons
Du soleil qui s'éteint projettent les rayons,
Que le calme et la nuit s'emparant de l'espace
De la clarté du jour ne laissent nulle trace ;·
Alors, portant mes pas loin du monde et du bruit,
Un monde tout nouveau pour moi se reproduit.
L'imagination, d'un trait le fait éclore,
Le façonne à son gré, l'anime et le colore ;
Sur les ailes du temps parcourant cieux et mers,
Par l'optique des sens me fait voir l'univers ;

Riche de souvenirs, de couleurs et d'images,
Avec elle la vie est pleine de mirages,
Elle flatte l'esprit et montre l'avenir,
Chargé plus de trésors qu'il ne pourra tenir;
Enfant, je vis heureux sous le toit de ma mère,
Homme, je trouve alors mon existence amère;
Berger, sans nuls soucis, je conduis mon troupeau;
J'aime l'air pur des champs et la paix du hameau;
Artiste, je crois voir à la fin d'un ouvrage
Le succès me valoir un immense suffrage;
Commerçant, l'intérêt qui guide ma raison,
Me montre la fortune au seuil de la maison;
Laboureur sur le champs que mon travail féconde;
J'entrevois l'abondance où mon espoir se fonde;
Fier amant de la gloire, intrépide guerrier,
Je vois ceindre mon front d'un brin de laurier,
Soit que je rêve encore être artiste ou poëte,
Je la vois s'apprêter à couronner ma tête,
Amant, elle fait croire, espérer tour à tour,
Quand s'échappe du cœur le premier cri d'amour;
Enfin, dans ses couleurs où miroite la vie
Tout plaît, charme, séduit, paraît digne d'envie,
Et mon esprit, suivant le cours de son erreur,
Sans jamais le saisir, court après le bonheur.

L'HIRONDELLE.

Où vas-tu légère hirondelle,
Pourquoi déjà quitter ces lieux ?
La plaine encore est verte et belle,
Rien ne ternit l'azur des cieux.

Helas! tu n'as point de patrie ;
Viens, sous le toit de ma maison,
Tu pourras, quand l'herbe est flétrie,
Braver le froid de la saison.

Viens , je suis seule en ce domaine
Où je soupire chaque jour ,
Et témoin discret de ma peine
Tu sauras me plaindre à ton tour.

Seule avec toi ma destinée ,
Aura du moins quelque douceur ;
Tu seras libre la journée
Et je t'appellerai ma sœur.

Puis , au foyer où l'atre brille ,
Quand sur les monts il neigera ,
Comme tu n'as pas de famille
Le même feu nous chauffera.

Jusqu'à ce qu'une tiède haleine
Rende le charme à nos vallons ,
Que l'herbe croisse dans la plaine,
Le blé grandisse en nos sillons.

Jusques à la saison nouvelle ,
Je veux ainsi te retenir ,
Puis , si tu pars jeune hirondelle ,
Promets-moi bien de revenir.

LES JOUEURS.

C'était l'heure du soir, la nuit dans chaque asile
Ramenait le repos aux champs comme à la ville ,
Et des hommes pourtant des nuits fesant leurs jours ,
Au jeu près d'une table en prolongeaient le cours ;
Ils étaient là , craintifs , pâles , tremblans , livides ,
Et l'or entrait, sortait de leurs mains toujours vides ,
Les lampes à regret de leur faible lueur
Éclairaient le tapis que froissait leur fureur ,

La colère râlait au fond de leurs poitrines
Chaque fois que la chance emportait leurs rapines,
Quelquefois, un éclair brillait dans le regard
De celui qu'en passant caressait le hasard,
Mais, bientôt dominé d'une indiscible crainte
Ce plaisir s'effaçait ne laissant nulle emprinte ;
Et reprenant alors l'air triste, soupçonneux,
Son regard s'impreignait d'un sentiment haineux.
Les lampes pâlissaient, vainement leur lumière
Essayait de briller de sa clarté première ;
Déjà le jour montait à l'horizon lointain,
Au dehors un doux bruit annonçait le matin,
C'est l'heure où tout renait, où l'homme qui s'éveille
S'en retourne content aux travaux de la veille,
Où l'enfant qui dormait d'un air tranquille et doux
Lève les yeux au ciel et prie à deux genoux,
Et ces joueurs pourtant, au printemps de la vie,
Du doux prix du bonheur ne montrent nulle envie,
La lave du désir a calciné leurs cœurs
Et l'avenir pour eux c'est le deuil et les pleurs ;
Ah! pourquoi prodiguer votre riche existence,
Vous, si jeunes encor, pourquoi l'user d'avance,
Seriez-vous fatigués d'avoir déjà vécu ?
Enfin, le désespoir vous aurait-il vaincu ?
Du jour qui luit sur vous, l'aurore est pourtant belle,
Et vous ne voulez voir cette aurore nouvelle,
Comme si les rayons de ce jour précieux
En venant jusqu'à vous devaient blesser vos yeux.
Ah! vous avez raison, il faut la nuit au vice ;
Le jour a trop d'éclat pour être son complice,

Fermez donc les volets, abaissez le rideau,
Car, ce jour vous accuse et devient un fardeau.
Les lampes vont s'éteindre et des cartes nouvelles
Éclatent de blancheur à leurs fauves prunelles.
L'appas d'un gain trompeur nourrit seul leur espoir,
Et leur fait oublier ce jour qui vient les voir.
Un dernier louis, leur reste et leur désir s'attise,
A l'aspect de cet or, objet de convoitise,
Mais, le hazard, leur Dieu, va décider du sort,
Et pâles, interdits, glacés comme la mort,
Sont cloués près la table où la carte qui tombe,
Emporte avec cet or, leur espoir qui succombe.
Alors, regrets, douleurs, blasphèmes et sanglots
Éclatent tout à coup, et débordent à flots.
C'est ainsi, qu'au retour d'une nuit d'insomnie,
Quand de son âme enfin toute joie est bannie,
Le joueur tristement regardant le passé,
Cherche des yeux en vain tout son or dispersé.
La cruelle douleur qui torture son âme,
S'augmente au souvenir des enfants, d'une femme,
Tristes et délaissés attendant son retour,
Et pour qui, lui tout seul, n'a pas un brin d'amour.
Ah! si l'homme n'est point encore assez farouche,
S'il croit à la famille et la vertu le touche,
Si, le vice en un mot ne l'a point abattu,
Au point que de son cœur n'approche la vertu :
Combien ne doit-il pas regretter cette vie,
Où sage il aurait pu le cœur exempt d'envie,
Modérant ses transports et réglant ses désirs.
Toujours utilement employer ses loisirs.

3

Dans ce vaste univers, tout s'unit et s'enchaîne.
Le bien, produit le bien, le mal, produit la peine.
Le jour est au travail, la nuit est au repos,
Et le sommeil est fait, pour l'oubli de nos maux.
C'est Dieu qui l'a voulu dans sa sagesse immense,
Et qui le méconnaît ; assurément l'offense.
Le jeu n'enrichit pas et détruit le moral,
Il est du gain trompeur un instrument fatal ;
Il promet, il séduit et les mains toujours vides,
N'accorde jamais rien à ces joueurs avides,
Qui, riches le matin, sont pauvres vers le soir,
Et meurtris de ses coups, meurent de désespoir.

LE CHANT DE L'AURORE.

✿

J'aime la fraîche brise
Et le chant des oiseaux.
L'onde au loin qui se brise
En divisant les eaux.

J'aime la vive aurore
Qui dore le ciel bleu ;
Puis, j'aime voir encore
Tout l'Orient en feu.

J'aime ce doux murmure,
Qui tamise dans l'air,
On dirait la nature
Au milieu d'un concert.

Et moi, je viens heureuse
Comme en un beau festin,
Mêler ma voix rieuse
Au souffle du matin.

L'ÉCHO DU CHANT DE L'AURORE.

Lorsque l'oiseau dans le bocage,
Chante joyeux dès le matin,
Il ne sait pas que son ramage
Peut souvent charmer le destin.

Elle disait, la jeune fille,
J'aime le bruit du clair ruisseau,
Vent du matin, soleil qui brille,
Et les accens du tendre oiseau.

Sa douce voix me fait envie
Et je l'entends avec bonheur ,
Déjà , je donnerais ma vie,
Si je pouvais avoir son cœur.

L'OUVRIER.

※

Quand le jour par degré s'éteint à l'horizon,
J'aime à voir l'ouvrier regagnant sa maison.
Dès longtemps au travail son âme façonnée,
Attend docilement la fin de la journée.
A peine a-t-il franchi le seuil de l'atelier ?
Que son enfant accourt l'attendre à l'escalier ;
Déjà, sa voix l'appelle et son cœur dans l'ivresse,
A ce cri filial répond avec tendresse.

Tout son être s'émeut de plaisir et d'amour,
Il le prend dans ses bras, le berce tour à tour,
Et puis sur son front blanc, le baiser qu'il dépose
Est doux comme le vent, qui caresse une rose.
Que peut contre son corps la fatigue et l'ennui,
N'a-t-il pas la vertu pour son unique appui?
Et son cœur dégagé de l'étreinte du vice,
Ne trouve point de fiel au fond de son calice.
L'amour de sa famille est son ambition,
Il donne au travail seul, toute sa passion;
On ne le voit jamais dans une nuit d'orgie,
Perdre son temps, son or, aux feux d'une bougie.
Rien ne lui pèse au cœur, pas même un souvenir;
Il sourrit au présent, espère en l'avenir;
Ses innocens désirs, sa paix, sa douce joie,
Tout ces trésors divins, c'est Dieu qui les envoie,
Honnête travailleur, il gagne de ses bras,
Ce que le paresseux sollicite bien bas.
Laissant à celui-ci croupi dans la licence,
Le triste soin de vivre au prix de qui l'offense.
Le fruit de ses labeurs, jour à jour augmentant,
D'un lendemain heureux, lui rend l'esprit content.
Mais malheur à celui dont l'âme trop grossière,
Ne peut des passions secouer la poussière,
Qui, courant au hasard dans ce vaste univers,
Ne rencontre un ami qui blâme ses travers.
Ah! qui voudrait mon Dieu n'amener sur la route,
Celui, qu'aveuglement aurait perdu le doute?
Qui, tout bas oserait dans un rire moqueur
Se dire, il est perdu; laissons-le dans l'erreur?

Devant Dieu, sachons bien que les hommes sont frères,
Qu'à ce titre il leur faut des conseils salutaires,
Qu'il faut les ramener à leur point de départ,
Car, la vertu fait l'homme et non point le hasard.
Quiconque aime le bien, approche de Dieu même
Et l'amour du prochain est un trésor suprême.
Toujours un noble cœur a noble ambition.
Rien ne satisfait plus qu'une bonne action.
Quoi! de plus grand! plus doux, que d'aimer, et d'instruire
Celui qu'un vice honteux chercherait à détruire,
Et qui dans l'abandon de ses impurs désirs,
S'engloutirait vivant, dans des flots de plaisirs.
Que l'homme vertueux en lui prêchant d'exemple,
Lui montre Dieu partout, l'Univers comme un temple
Où chaque homme en naissant peut de ses propres yeux,
Sous tant d'objets divers, voir le maître des cieux.
Malgré l'orgueil de ceux, qui par extravagance
Essayent de nier sa gloire et sa puissance.
Que serait l'homme enfin, si Dieu n'existait pas?
Et s'il était si fort craindrait-il le trépas?
Pourquoi frémirait-il à son heure dernière,
Si par de là les cieux, vers une autre lumière
Son esprit détaché de ses liens mortels,
N'aspirait à nouer des liens éternels?
Toute peine ici bas, au Ciel se récompense.
Courage, homme de bien! votre tâche est immense:
Songez, que votre cœur est un écho divin,
Où la voix du Seigneur, doit résonner sans fin.
Mais quelquefois rêveur, l'ouvrier que j'admire,
Des merveilles des cieux, chrétiennement s'inspire.

Et malgré les labeurs qui l'occupent le jour,
Vers sa muse le soir, il fait un doux retour.
Qui prétendrait mon Dieu, vouloir lui faire un crime,
D'oser prendre la plume et poser une rime?
Quand son corps à payé la dette à son travail,
Et que, du jour entier il a rempli le bail :
L'esprit peut se livrer à cette fantaisie.
Soit, qu'il touche pinceau, musique ou poésie.
Soit, qu'il aime à créer sur la pierre ou le bois
Un être qui vous parle et qui n'a point de voix.
Dans ce travail du soir, qui charme ainsi son âme,
Il sent du feu divin, cette électrique flamme,
Dont le magique essor, a le don précieux
D'élever ses pensers, jusqu'aux portes des cieux.
Mystérieux accords échappés à la lyre.
Et qui vibrez au cœur dans un brûlant délire,
Au modeste ouvrier, prêtez vos doux accens,
Vous seuls savez donner, des plaisirs innocens.

PAUVRE MÈRE.

Toute chose meurt dans ce monde,
Tel est la loi de l'éternel.
Comme l'onde succède à l'onde,
Le mortel succède au mortel.
De la mort, naît une autre vie,
Qui mène à l'immortalité,
Beau séjour où l'âme est ravie
D'une éternelle volupté.

Dieu, sait pourquoi naît toute chose,
Étant son principe et sa fin :
Il sait pourquoi, la fleur éclose
N'a souvent pas de lendemain.
Aux divins décrets, soit docile,
Pauvre mère, ne pleure pas,
Puisqu'il est un plus sur asile
Pour ton fils, au-delà du trépas...

Bannis, bannis, cette tristesse,
Pourquoi des regrets et des pleurs ?
Ne vois-tu pas l'ange qui tresse,
Là haut, sa couronne de fleurs.
Regarde, on dirait qu'il sommeille,
Et son visage est gracieux,
Comme il l'était, lorsque la veille
Du doigt, il te montrait les cieux.

Cet enfant, objet de tes larmes
Comme il l'était de ton amour,
Avait sans doute, trop de charmes,
Pour être heureux dans ce séjour.
Son sort, est bien digne d'envie,
Et puisque vivre, c'est souffrir,
Voudrais-tu préferer la vie,
A l'enfant qui vient de mourir ?

Mourir , lorsqu'on est jeune encore
C'est avoir sa part dans le ciel.
D'un jour, c'est ne voir que l'aurore ,
C'est boire à la coupe sans fiel ,
C'est entrer dans le sanctuaire
Où Dieu , dans son éternité ,
Dévoile à l'âme le msytère
Du sort de notre humanité.

C'est abréger toute souffrance ,
Au malheur , c'est faire un adieu ,
C'est marcher avec espérance ,
Dans le chemin qui mène à Dieu.
Notre âme en s'exhalant s'épure,
Des souillures de sa prison.
Le corps était sa sépulture ;
Le Ciel , pour elle est sa maison.

Heureux l'enfant ! il meurt sans crainte,
La mort ne l'épouvante pas.
Son âme est une lyre sainte,
Qui chante au moment du trépas.
Sur sa bouche entr'ouverte et rose,
Erre un sourire de bonheur ,
Ainsi, que tout ange, il repose ;
Dans le royaume du Seigneur.

Sèches tes pleurs, ô pauvre mère,
Ce fils ne peut être perdu.
Ce fils, à ta douleur amère,
Au Ciel, il te sera rendu.
C'est là, que son âme immortelle,
Entre l'espérance et la foi,
Du haut de la gloire éternelle,
Tout près de Dieu, veille sur toi.

BOUTADE POÉTIQUE.

Depuis que tès beaux yeux avec leur douce flamme
  Ont rencontré mes yeux,
Je sens un feu secret qui dévore mon âme
  Et me rend soucieux.

C'est que, je n'ai rien vu, sur la terre qui brille
  D'un éclat aussi pur,
Pas même vers le soir, l'étoile qui scintille
  Au front d'un ciel d'azur.

Comme le nautonier dans une nuit profonde
    Cherche un phare brillant,
Ainsi je te cherchais, quand soudain dans le monde
    Ton front parut riant.

De ce jour, j'ai connu tout le charme et l'ivresse
    Que procure l'amour,
Puisse ce même amour, pour nous, brûler sans cesse
    Comme le premier jour.

RICHES ET PAUVRES.

L'hiver hâte ses pas et son cortège sombre
Des hôtes des forêts, vient disperser le nombre.
Déjà, les passereaux cherchent sous nos lambris,
Contre les froids aigus de tièdes abris,
Attendant le printemps et ses douces haleines,
Tandis, que sous le toit, l'homme accablé de peines,
Sans travail et sans pain, souffrant et délaissé,
Trouve comme l'hiver, tout cœur humain glacé.

4

Car, le calcul toujours conseillant l'égoïsme,
Dans le cœur des heureux, éteint tout héroïsme.
Et les beaux jours passés, l'artisan sans travail,
Avec le froid, la faim, semble alors passer bail.
Ceux, qui du pauvre ainsi tarifent l'existence,
N'ont jamais vu de près l'horreur de l'indigence ;
Si, quittant un instant, tous leurs lambris dorés,
Ils allaient visiter des pauvres ignorés,
Ils verraient là, souffrant dans les cris et les larmes,
Des fronts où la douleur a remplacé les charmes,
Et leurs cœurs s'émouvant d'un sentiment humain,
Pour soulager leurs maux n'attendraient pas demain.
Ils ne différeraient, ce que l'on peut sur l'heure,
Car, la faim n'attend pas où l'indigent demeure.
Voyez, sous la mansarde ouverte au gré du vent,
Une mère à genoux rechauffant son enfant ;
Près d'eux, la mort debout à l'œil terne et livide,
Les convoitant déjà de son regard avide.
Tandis, que malheureux, désolés tour à tour,
Ils maudissent celui, qui leur donna le jour.
Ah ! c'est que dans leurs cœurs l'espérance est bannie :
Un jour leur apparaît un siècle d'agonie.
Tout s'éteint autour d'eux et l'ange du tombeau,
Seul, rallume à leurs yeux son sinistre flambeau.
Voyez, l'enfant gémit au giron de sa mère
Et celle-ci ne peut dans sa douleur amère,
A ce fils bien aimé, qui pleure de la faim,
Ne donner qu'un baiser lorsqu'il lui faut du pain.
Du pain ! mon Dieu, du pain ! cri d'alarme funeste,
Quand la voix de l'enfant surtout le manifeste.

Voyez, comme il faiblit, la faiblesse l'endort,
Son sommeil serait-il le sommeil de la mort ?
La mère, sur son fils se penche avec tristesse,
Respire-t-il encor ? mon Dieu, son souffle baisse,
Ses yeux sont clos, déjà, l'enfant ne l'entends plus,
Prières et sanglots, tout devient superflus.
Tout à conp, une voix de la sainte phalange
Dit à la mère en pleurs : votre fils est un ange !
Qu'eût-il fait dans ce monde où l'esprit combattu,
Aurait douté de tout, même de la vertu ?
La vie est une mer orageuse et profonde,
Qui cache bien des maux sous les plis de son onde.
Levez les yeux au ciel, contemplez ce séjour,
Asile de bonheur, de justice et d'amour,
Ce Dieu qui donne à tous cet air que l'on respire,
Qui peut créer d'un souffle, ou détruire un empire,
Par delà tout les temps a placé son pouvoir,
Quiconque sait souffrir peut espérer le voir.
Ce Dieu, ce même Dieu, quittant son rang suprème
Pour sauver l'univers se fit homme lui-même.
Il vécut sur la terre entouré de jaloux,
Et par son indigence il fut semblable à vous.
La mère avec effort poussa son dernier râle,
Et tout resta muet dans la chambre fatale.
Parmi les indigents, combien furent heureux !...
Riches, n'oubliez pas, et soyez généreux :
Rappelez-vous surtout au milieu de vos fêtes,
Quand les plaisirs, les bals échaufferont vos têtes,
Qu'en dehors de l'orchestre et du parfum des fleurs,
Peut être à votre porte on vient verser des pleurs.

N'attendez pas alors, pour que votre main donne,
Qu'humblement à vos pieds on demande l'aumône;
Mais allez au devant de cet homme oublié,
Qu'une offrande en public aurait humilié;
Car, il ne viendra point faire entendre sa plainte.
C'est à vous, de savoir comprendre cette crainte :
C'est à vous, de savoir prévenir les besoins,
D'un être malheureux digne de tous vos soins.
Donnez! car rien n'est beau comme le cœur qui donne
Vos bienfaits vous vaudront au ciel une couronne :
Donnez! si vous voulez, comme à l'homme de bien
Qu'à l'heure de la mort, Dieu ne reproche rien :
Afin, que dépouillant l'enveloppe mortelle,
Votre âme aille jouir de la gloire éternelle.

UN SOIR SUR LE LAC.

Sur le lac tranquille
Nacelle docile
Glisse lentement,
Que la blanche voile
File comme étoile
Sous le firmament.

Déjà la nuit sombre
Couvre de son ombre
La terre et les cieux.
Au loin sur la rive
Le chant qui m'arrive
Est bien gracieux.

Suspendons la rame,
Écoutons mon âme,
Ces tendres accens :
Jamais voix plus tendre
N'en sût faire entendre
D'aussi ravissants.

Vers la voix si douce
Instinct qui me pousse
Soutiens mon espoir :
Fais que sur la grève
Cet ange... mon rêve,
M'attende ce soir.

LE SOUVENIR.

Ainsi, qu'un nautonier, après un long voyage ,
Aime à voir où son pied en partant s'imprima ;
Ainsi, l'homme arrivé sur le déclin de l'âge ,
        Cherche ce qu'il aima.

Le souvenir est tout ce qu'on laisse en arrière ,
Parmi tous les objets que l'on a vu périr,
Lui seul reste debout jusqu'à l'heure dernière ,
        Jusqu'au dernier soupir.

O Blanche ! ô doux vallon que la brise caresse,
Où Castillon s'enfuit en chantant sur tes bords,
Comme un amant heureux auprès de sa maîtresse,
　　Chante dans ses transports.

Le jour que je te vis, vaste et belle contrée,
A peine le soleil dorait-il mes vingt ans ?
Et la prairie au loin richement diaprée,
　　Annonçait le printemps.

Tes peupliers, géants à la tête flexible,
Balançaient dans les airs mollement leurs rameaux,
Et je venais entendre en cet endroit paisible,
　　Le doux chant des oiseaux.

Au pied d'un sombre roc où jaillit une eau pure,
J'aimais la voir tomber par cascade et par bond,
Brisant son beau cristal avec un sourd murmure,
　　Dans l'abîme profond.

J'aimais tes muriers dont la feuille soyeuse,
Éblouissait mes yeux aux rayons du soleil,
Asile où l'âme errait sous cette voûte ombreuse,
　　Comme en un doux sommeil.

Un soir, il m'en souvient, sur la pelouse immense,
Nous étions là, garçons et fillettes aussi ;
Le galoubet joyeux, nous poussait à la danse,
　　Nous narguions le souci.

Que de légers soupirs, que de mots de tendresse,
A cet âge, l'on dit tout bas avec plaisir.
Et que sans nul dédain écoute la maîtresse,
    Que l'on a su choisir.

Hélas! ce jour est loin de celui qui m'éclaire,
Les heures de plaisir s'envolent loin de nous.
Mortels, nous n'avons tous, qu'un seul âge pour plaire,
    Le temps en est jaloux !

O temps que fais-tu donc des heures, des délices?
    Que fais-tu de l'amour?
Que fais-tu du bonheur dont les rares prémices
    Ne durent qu'un seul jour?

Quand l'avenir brillant comme un soleil des âges,
    Rayonne à l'horizon,
Ne faut-il voir en lui que de fausses images,
    Qui trompent la raison ?

Ainsi, l'homme ici bas ou toute chose passe,
    Passe donc malgré lui?
Ainsi qu'un météore en traversant l'espace,
    Se meurt dès qu'il a lui !..

Mais ta rigueur ne peut au déclin de ma vie
    Effacer de mon cœur,
L'image de ces lieux, objet digne d'envie,
    Source de mon bonheur.

Que la voix des échos puisse à ma dernière heure,
De ces lieux enchanteurs m'apporter un seul non :
Qu'il résonne en mon cœur, comme le vent qui pleure,
Le soir dans ton vallon !...

LA VIE.

La vie est un chemin rapide,
L'homme y précipite ses pas ;
En naissant la douleur le guide
Et ne le laisse qu'au trépas.

La fleur qu'un matin voit éclore,
Est soumise au même destin ;
N'espérons pas une autre aurore,
D'un jour qui naît sans lendemain

Ah! qu'importe un jour, une année,
A l'homme accablé de douleurs,
Et quand son âme abandonnée,
Se nourrit d'amertume et de pleurs.

Au cœur qui n'a plus d'espérance,
Chaque minute est un long jour,
Et chaque jour dans la souffrance,
N'est-il pas un siècle à son tour?

LE POÉTE INCONNU.

MONOLOGUE.

✜

« Notre âme est une lyre à la corde sonore,
« Que le souffle de Dieu en passant fit éclore.»

Il est minuit!.. tout dort! et l'homme qui sommeille,
Suspend dans son repos, les soucis de la veille.
Tandis que la douleur dans cet appartement,
Semble tordre mon cœur dans chaque battement.
Tout est silence et nuit! tout repose! c'est l'heure,
De travailler avant, que ma lampe se meure.
Essayons!.. rien ne vient dans mon pauvre cerveau!..
J'avais bien là, pourtant, un sujet tout nouveau.

La fièvre de la faim a détruit ma pensée ,
Mon corps est sans vigueur, et mon âme est glacée !..
Que vais-je devenir ? déjà je ne vois plus
Les mots que j'ai tracés et tant de fois relus.
J'ai beau frapper mon front , ma tête se refuse ;
Ah ! je vois trop hélas, à quel point je m'abuse.
Si j'avais pu prévoir que pour se faire un nom,
Il fallait tant souffrir ! qui sait !.. j'aurais dit non !
Un ami , l'avait dit ; je refusais de croire
Que pour être connu, l'on dût payer sa gloire ;
Qu'au théâtre surtout , pour être bien admis ,
Ma pièce aurait besoin des claqueurs , des amis.
Pour l'auteur qui n'a rien dans le cœur ni la tête ,
Oh ! je comprend cela ! mais pour le vrai poéte,
Payer au prix de l'or, l'honneur d'être applaudi !..
Non ! non ! laissons ce soin à l'homme abâtardi ,
Pour descendre aussi bas, je n'en ai pas la force,
Et puis avec l'honneur je n'ai pas fait divorce.
Oh ! je suis malheureux , bien malheureux , je sais ;
Mais je recule enfin devant de tels essais ,
Et quelque soit le sort de ma pièce inédite ;
Je ne tiens au succès, que d'après son mérite ,

. . . .

. . . .

Je suis seul dans Paris et j'y suis inconnu,
Quel démon m'y poussait !.. pourquoi suis-je venu ?..

Une horloge sonne

Mais qu'entends-je ? déjà ! c'est l'horloge qui sonne.
Cette note du temps, sur mon âme résonne ,

Elle semble en fuyant me jeter un défi
Et dire en ricanant, je ne t'ai pas suffi!..

Après une pause

N'étais-je pas heureux ? quand j'étais jeune encore,
Chaque jours devançant le lever de l'aurore,
De ma mère endormie attendant le réveil,
J'aimais à comtempler le lever du soleil ;
Quand par-delà des monts jaillissait sa lumière,
Ma mère m'appelait pour dire la prière,
Elle me confiait le soin de son troupeau,
Qui, (dit sans vanité), me semblait le plus beau.
Et puis, quand le soleil à l'heure qu'il décline,
Nous renvoyait mourants, ses feux sur la colline,
Je regagnais alors ma chetive maison,
Qui grisaillait au loin sur un vaste horizon.
Ma mère m'attendait sur le seuil de la porte,
C'était alors pour tous, du travail, l'heure morte.
Le soir, sur mes genoux, j'émiettais mon pain,
Pour le donner au chien, qui caressait ma main.
Quand de ce temps passé, je feuillette l'histoire,
Au bonheur avenir m'est-il permis de croire ?
Ce temps est déjà loin, ou d'un sage pasteur
J'apprenais, tout enfant, le nom du créateur ;
A qui, je dus enfin par sa sollicitude,
L'amour, que depuis lors, je conçus pour l'étude.
Plus heureux mille fois, j'eusse passé mon temps,
A mener mon troupeau, à travailler les champs,
Ignoré des humains avec mon âme pure
J'aurais été content des dons de la nature.

Mais un jour, je rêvai la gloire et le bonheur !
Vaines illusions, qui font battre le cœur.
Je croyais fermement, en jeune homme candide,
Qu'on arrivait au but par un chemin rapide,
Qu'on avait, qu'à vouloir, ou dire me voilà,
Et la gloire au galop était de suite là,
Que sous le ciel heureux, de notre capitale,
Quand parlait le talent, se taisait la cabale ;
Que les hommes avaient, le cœur trop généreux,
Pour refuser l'accès, au talent malheureux.
Quelle dérision !... croire que la sagesse
Est la route qu'on suit, le culte qu'on professe,
Lorsque certains esprits, vaniteux et jaloux,
Depuis longtemps on dit : le succès vient de nous.
Et depuis lors, mettant l'axiome en pratique,
Rien n'est bon, s'il ne sort de leur docte fabrique.
Or, moi je ne suis rien, je n'ai qu'un nom obscur,
Qui me connaît ici ? personne, j'en suis sur...
Parmis ces flots de gens qui composent la foule,
Qui, comme l'Océan, s'agite et se déroule,
Pas un ne sent pour moi, naître un brin d'amitié,
Je n'ai pas seulement exité leur pitié !..

Après une pause.

Je sens, mon Dieu ! je sens, une extrême faiblesse,
La vie est un fardeau, sous lequel je m'affaise.
Oui, je sens par degré, mes forces s'amoindrir,
Comme si je touchais au moment de mourir.
Après tout, ce n'est pas un bien grand sacrifice,
Car vivre, c'est pour moi, souffrir un long supplice !..

Viens, ô mort! je t'attends dans un calme parfait,
Ton coup sera pour moi, comme un dernier bienfait,
Tu ne m'apparais pas sous un aspect bien sombre.
De mes jours à venir, que m'importe le nombre :
Ah! plutôt le néant, que de courber mon front
Sous le poids accablant d'un éternel affront.
La gloire n'est qu'un mot, toujours vide et sonore.
Rarement le mortel, ici bas s'en honore,
C'est un guide menteur qui flatte notre orgueil,
Qui le suit, bien souvent ne trouve qu'un écueil!
Gloire, bonheur, amour, ombre de renommée.
Tout va s'évanouir, comme au vent la fumée :
Perfide illusion, qui dorez l'avenir!
Vous me laissez au cœur un cruel souvenir,
Et quand je vais mourir l'image de Marie,
Seul être que j'aimais jusqu'à l'idolatrie,
Me trouble, me poursuit, voltige sur mes pas
Et semble m'arrêter jusqu'au bord du trépas.
Pour cette femme, hélas! et pour ma tendre mère,
Je cherchai le bonheur... j'ai trouvé la misère :
Tout peut m'avoir trahi, mais leur amour, jamais!
J'emporte dans mon cœur ces deux noms que j'aimais

. . . .

Oh! je vois dans les air briller une couronne,
Belle, comme jamais nul ici bas n'en donne!
C'est fête dans le Ciel, oh! laisse moi partir :
Une palme m'attend! c'est celle du martyr!...

Il expire.

OÙ VAS-TU?

※

Où vas-tu jeune fille,
Quand le soleil qui brille
Répand au loin le jour ?
Dans les champs qui t'amène,
Pourquoi, sous ce grand chêne,
Soupirer à ton tour ?

Est-ce l'oiseau qui chante ?
Sa voix serait touchante
Au point de te charmer ?
Ou bien, ton cœur plus tendre,
Te ferait-il attendre,
Quelqu'un qui sait aimer ?

Au sentier solitaire,
Propice au doux mystère,
Tu te plais aujourd'hui ;
Cependant, ce feuillage,
Saurait-il à ton âge,
Te préserver d'ennui ?

Ah ! jouis des années,
Que le Ciel t'a données,
Avant que le destin ;
Jaloux de ton aurore,
Comme à la fleur encore,
Ne laisse qu'un matin.

Crois-moi, pour être heureuse
Ne sois donc plus rêveuse,
N'aime que le printemps ;
Au festin de la vie
Où le ciel nous convie ;
Ce n'est pas pour longtemps...

UN CHANT DE JEUNE FILLE.

Le soir, modeste et jeune fille,
Lorsque la nuit descend des cieux,
J'aime à voir la lampe qui brille,
Dans ton réduit silencieux.

Alors, tout près de ta fenêtre
Du jour secouant les ennuis,
Au bonheur, tu rêves peut-être,
En savourant l'air frais des nuits.

Comme à l'oiseau, la solitude,
T'inspire de tendres accens,
Ta voix si douce, alors prélude,
Aux accords les plus ravissants.

Mais, comme l'hôte du bocage,
Ta voix se tait au moindre bruit;
Tu n'aimes, que l'épais ombrage
Et le silence de la nuit.

Ah ! si d'un indiscret délire,
Je laisse éclater les transports,
Pardonne aux écarts de ma lyre ;
Elle les doit à tes accords.

HÉLÈNE.

La nuit s'avance ,
Des monts s'élance ,
Avec silence .
Chasse le jour :
Déjà , l'étoile ,
Que la nuit voile ,
Du ciel dévoile
Le bleu velour.

Comme la veille ,
Eudore , veille ,
Tendant l'oreille
Avec espoir ,
Au doux murmure ,
De la voix pure ,
Que la nature ,
Chante le soir.

Du vent, l'haleine
Fraîchit la plaine,
La belle Hélène
Ne revient pas :
Jadis, amante,
Moins inconstante,
A son attente
Ne manquait pas.

L'heure qui sonne,
Dans l'air bourdonne,
L'écho redonne
Son tintement :
Une voix sombre,
Qui fuit dans l'ombre
Redit le nombre
Bien tristement.

Le pauvre Eudore,
Plaintif encore
Revit l'aurore,
Mais l'angelus ;
Sonnait à peine
Et dans la plaine
Hélas ! Hélène,
Ne revint plus...

LE MOIS DE MAI.

Il est un mois heureux où tout ce qui respire
Se revet de parfum, d'amour et de beauté,
Et l'haleine du vent qui faiblement soupire,
En passant sur les fleurs, s'empreint de volupté.

Sur sa tige, la fleur naissante,
Livre à la brise caressante
Son calice humide de pleurs ;
Et puis de sa corolle lisse,
La goutte d'eau qui perle et glisse,
Distille en tombant ses couleurs.

Ici, sous un dais de verdure,
Non loin de l'onde qui murmure,
La fauvette, chante à son tour,
Sur la branche déjà fleurie
Près de sa compagne chérie;
L'hymne touchant, de son amour.

Puis, à sa voix harmonieuse,
L'alouette non moins heureuse,
Vient mêler ses plus vifs accens;
Tandis, qu'au loin les hirondelles
Effleurent du bout de leurs ailes
Les fleurs écloses du printemps.

Ici, le ver luisant sautille,
Et sa couleur au soleil brille
Comme brille le diamant;
Même le soir lorsqu'il chemine,
On croit à sa clarté divine
Voir l'étoile du firmament.

Là, le ruisseau, qui suit sa pente,
Donne à l'eau claire et transparente
Le doux reflet d'un pur miroir;
Son onde, que l'on entend bruire,
Au bonheur semble vous conduire,
En vous quittant, dire : à revoir.

Plus loin , sur la verte pelouse ,
D'un agneau , la mère jalouse ,
Fait entendre un bêlement sourd ,
Tandis , que sous le frais ombrage ,
Le berger au printemps de l'âge ,
Trompe en chantant, l'heure du jour.

S'il est un mois heureux , c'est bien celui des roses :
Tout renaît, embellit au souffle du printemps ;
Le zéphir, qui caresse alors les fleurs écloses ,
D'un passé fugitif, nous rappelle le temps.

A MON AMI CHARLES BISTAGNE.

❊

Ami, j'aime ce lac dont les brillants mirages,
Échappent pour toujours au souffle des orages;
Ce ciel bleu, semé d'or, dont le dôme est vermeil,
Quand l'heure du matin rappelle le soleil;
J'aime ces verts bosquets, silencieux asiles
Où le jour en glissant verse d'heures tranquilles,
Ces papillons légers, aux brillantes couleurs,
Qui puisent le nectar au calice des fleurs,
Ces chants, que les oiseaux font entendre à l'aurore
Et qu'au déclin du jour ils répètent encore;
Concert, qui se confond dans le bruit du zéphir,
Comme deux voix d'amants, dans un même soupir
Tous ces sites charmants, ces vallons, ces collines,
Ces rocs superposés, qui pendent en ruines,
Ces tableaux si bien faits pour charmer les esprits :

En vers harmonieux , tu les a tous décrits.
Combien , j'aurais donné, que nos âmes jumelles ,
Ensemble eussent chanté ces beautés éternelles ;
Alors , que le lac bleu , sous le dais de la nuit ,
Brodé d'étoiles d'or , flottait dans l'air sans bruit ,
Et qu'à l'aspect riant , de ce lac qui t'inspire ,
Tu venais accorder les notes de ta lyre.
Aussi , quel sîte heureux fit éclore tes vers !
Genève , est le plus beau pays de l'univers !
Dans ton amour , tu n'as , ô mon jeune poéte ,
Rien oublié de beau qui brillât dans ta tête
Et Mornex , doit valoir quelque chose à son tour ,
Puisque ton cœur lui lègue un dernier mot d'amour.

SON NOM.

Le vent qui faiblement murmure
Dès les premiers rayons du jour,
La voix harmonieuse et pure
De l'eau qui coule sans retour,
La voix du chantre du boccage
Chantant sous le dôme des cieux ,
Ce qu'en harmonieux langage ,
Il dit de tendre et grâcieux ,
L'accent d'une âme qui soupire ;
La voix du fabuleux Memnon ;
La nuit d'été, l'air qu'on respire :
Oh ! rien n'est doux , comme son nom !...
Ce nom , tout bas dans sa prière
L'enfant le dit matin et soir ,
Sous le palais et la chaumière
Il rend le calme avec l'espoir ;
Ce nom , éveille dans mon âme
Un doux et tendre souvenir,
Il est comme une pure flamme
D'un feu qui ne doit point finir.

SON PORTRAIT.

L'éclat du Lys qui vient d'éclore
Dès les premiers rayons du jour,
Le rouge vif dont se colore
La rose, emblême de l'amour,
La goutte d'eau qui tremble et glisse
Comme un léger cristal mouvant,
La fleur, qui penche son calice
Ou la relève au gré du vent,
La nuit d'été, la blanche étoile
Qui sème sa molle clarté,
L'astre du jour, qui se dévoile
Et vient chasser l'obscurité,

Une eau limpide au doux mirage
Qui réfléchit les bois, les cieux,
Un ciel serein après l'orage
Moins qu'elle, sont doux, gracieux;
Enfin, près d'elle tout s'oublie,
Je ne vois rien dans l'univers,
Si bien, que le dise nos vers:
Chose à mes yeux aussi jolie.

LE PHARO.

A l'heure où le soleil creuse un chemin dans l'onde
Pour aller éclairer l'autre moitié du monde,
J'aime à porter mes pas vers ce point rocailleux
Qui de loin sur la mer se montre à tous les yeux ;
Promontoire charmant , d'où la brise marine,
Au doux concert des flots semble mêler son hymne,
Et d'où l'on peut aussi , quand vient l'heure du soir
Voir les cieux , sur la mer, comme dans un miroir ;
Alors, tout énivré de ce tableau sublime ,
Mon œil va mesurant, du ciel jusqu'à l'abîme ,
La nature partout , étale ses beautés
Et le rapport charmant de leurs affinités.
Ici , l'œil assidu parcourant la colline
La suit à l'horizon où sa courbe s'incline ,
Dans son vaste contour arrondissant les eaux

Offre un asile sûr au séjour des vaisseaux.

Là, le regard surpris, trouve sur ces montagnes
Mille blanches maisons et de vertes campagnes,
Tandis, qu'à leurs sommets le thym, le romarin
A la lavande aussi, disputent le terrain ;
Plus loin, sont d'autres monts pelés, brunis et fauves,
Montrant sous un ciel bleu, leurs têtes toujours chauves,
Dont la couleur grisâtre en coupant le tableau,
Sépare le ciel bleu, d'avec le bleu de l'eau.
Pomègue, et Ratoneau, comme deux sœurs jumelles
Sortent du sein des eaux en se tenant entr'elles.
Elles veillent de loin, avec l'austérité
De vigilants gardiens gardant notre santé :
Le château d'If, debout comme une masse sombre,
Avec l'heure du soir projette au loin son ombre,
Noir donjon, constamment enveloppé des flots,
Dont le bruit, dans ses mûrs, étouffe des sanglots :
En détournant les yeux de cette sombre image,
J'aime à les ramener vers un autre rivage
Où le hasard, les fait en parcourant le bord
Découvrir quelque brick, qui s'éloigne du port,
Je le suis à plaisir dans sa rapide marche,
Jusques à l'horizon, où le ciel courbe en arche,
J'aime ses errements et dans un long contour,
Je le suis, je le perds, le revois tour à tour,
Il disparaît enfin dans sa course lointaine
Au point où le ciel touche à la mobile plaine,
Ainsi qu'un alcyon attardé sur les mers
Effleure à peine l'onde et glise dans les airs ;
Mais le jour s'affaiblit, bientôt la nuit s'avance,

Déjà je vois flotter un feu qui se balance
Et qui de loin en loin, illuminant les flots ,
Éclaire les écueils, aux yeux des matelots ;
Ce phare, c'est planier ; mince illot, dont la trace ,
Sous les flots ameutés à l'œil, souvent s'efface.
Bientôt tout disparaît sous le dais de la nuit :
La ville qui s'endort élève un léger bruit.
Déjà l'étoile brille au-dessus de ma tête ;
Les airs sont éclairés , ah ! pour l'œil quelle fête !
Lorsque, ses feux errants sous la voûte des cieux .
Reflètent leur lumière à la fois en tous lieux.
Dans ce calme profond mon âme est attentive ,
Elle entend pour tout bruit, que la vague plaintive,
Qui semble l'endormir dans un rêve bien doux
Et dormirait longtemps, si le beffroi jaloux,
De sa bruyante voix fesant frémir l'espace ,
N'indiquait à mon cœur, que toute chose passe.

TOUT PRÈS DE TOI, JE VIENS M'ASSEOIR !

J'aime du vent la douce haleine,
Le clair ruisseau baignant la plaine
Et le berger chantant le soir :
Quand sous la voûte constellée,
Au pied du saule à la vallée,
Tout près de toi, je viens m'asseoir.

J'aime ce bruit, que la nature,
Semble confondre en un murmure,
Doux, énivrant, comme l'espoir,
Quand sous la voûte constellée,
Au pied du saule à la vallée,
Tout près de toi, je viens m'asseoir.

J'aime, du chantre du bocage,
Le sonore et tendre ramage,
Qui me captive sans le voir :
Quand sous la voûte constellée,
Au pied du saule à la vallée,
Tout près de toi, je viens m'asseoir.

J'aime, à contempler en silence,
Au loin la lune qui s'élance,
Par de là, les monts, vers le soir :
Quand sous la voûte constellée,
Au pied du saule à la vallée,
Tout près de toi, je viens m'asseoir.

Le temps, sans bruit, court dans l'espace,
Le plaisir vole sur sa trace,
Mais rien ne saurait m'émouvoir :
Quand sous la voûte constellée,
Au pied du saule à la vallée,
Tout près de toi, je viens m'asseoir.

INVOCATION AU TEMPS.

Revenez, revenez, doux accords de ma lyre
A mes chastes pensers donnez un libre cours,
A mon âme sans voix maintenant qui soupire
    Rendez-lui ses beaux jours.

A l'éternel cadran, qui marque chaque aurore,
Je vois la mienne hélas! incliner vers le soir,
Laisse-moi, temps jaloux, au moins jouir encore,
    De mon dernier espoir.

Laisse-moi le gazon, les fleurs, le frais ombrage,
Le bruit du clair ruisseau, le souffle du printemps,
Pour chanter, il me faut l'asile au vert feuillage
    Où je coule mes ans.

Avant qu'un vent d'hiver n'amène la tempête
Et ne vienne briser sur leurs tiges, les fleurs;
Laisse mûrir encore des pensers dans ma tête
    Exemptes de douleurs.

Assez tôt s'éteindra cette divine flamme,
Doux rayon échappé du foyer éternel,
Descendu pour chasser cette nuit, dont mon âme
    Sentait le poids mortel.

Revenez à ma voix, beaux rêves de l'enfance !...
Souvenirs du passé, réjouissez mon cœur !...
Il fut bien court, le temps, où brilla l'espérance,
    Et je crus au bonheur.

Emportez-moi bien loin de la scène du monde !
Je veux revoir encor l'image de ces lieux,
Où je venais le soir, dans une foi profonde,
    Interroger les cieux.

Je veux revoir encor, s'il se peut, cet asile,
Où les lilas fleuris, tremblaient au moindre vent :
Où, quand le jour fuyait, j'allais l'âme tranquille
    Méditer bien souvent.

Reprendre ce sentier, qui mène à la colline,
Où la lavande en fleur embaumait le chemin :
Où je venais heureux, près la blanche aubépine
    Aux heures du matin.

M'asseoir comme autrefois à l'ombre du grand chêne,
Quand le soleil, de juin, lance ses feux brûlants :
Entendre chantonner le pâtre, dans la plaine,
    Et les agneaux bêlants.

Voir, à la fin du jour de l'heureuse contrée,
Les enfants se grouper au tour du vieil ormeau :
Entendre les accens de la cloche sacrée,
  Du paisible hameau.

Ou bien, près le ruisseau dont l'onde est transparente,
Voir balancer les cieux, comme dans un miroir :
Les étoiles glisser sur sa surface errante,
  Quand vient l'heure du soir.

Dans ce ruisseau, dont l'onde est de l'onde suivie
Et dont le cours sans bruit s'écoule lentement :
Ne puis-je y voir, mon Dieu ! l'image de ma vie,
  Jusqu'au dernier moment ?

Enfin, je veux saisir de l'humaine existence
Les rapides moments qui vont s'évanouir,
Je veux jouir encore et croire à l'espérance,
  Qu'importe l'avenir.

Le poéte est semblable au chantre du bocage,
Il ne connaît que l'air, le soleil et les bois,
Les fleurs, le clair ruisseau, pendant l'été, l'ombrage
  Où retentit sa voix.

O temps ! mon âme a soif de la douce harmonie,
Comme l'abeille a soif du suc qui fait le miel :
Laisse-moi boire encore à cette onde bénie,
  Dont la source est au Ciel !

LA MARGUERITE.

Timide fleur, simple et jolie,
Ornement des prés, des vallons;
Toi, que l'on foule et l'on oublie
N'étant point l'honneur des salons.

J'aime ta feuille dentelée,
Dont la blancheur séduit mes yeux,
Et ta fraîcheur, goutte perlée,
Qui chaque nuit descend des cieux.

J'aime surtout quand je soupire,
Comme à l'oracle de mon cœur,
Sur chaque feuille pouvoir lire :
Le dernier mot de mon bonheur.

L'AUMONE.

※

Déjà, le vent du nord souffle dans la vallée,
Il vient de nos côteaux flétrir les pampres verts ;
Veuve de ses beaux jours, la terre désolée,
A nos yeux attristés, n'offre que champs déserts.

Les oiseaux, qui peuplaient naguère nos bocages,
Ne nous charmeront plus de leurs chants grâcieux ;
Ils s'en vont, loin de nous, saluer d'autres plages,
Chanter sous d'autres bois, voler sous d'autres cieux.

Partout, la fleur des champs penche, flétrit et tombe
Sous l'haleine de mort, que soufflent les autans ;
Le fer du laboureur, creuse déjà la tombe,
A côté du berceau, qu'elle eut à son printemps.

Riches, voici l'hiver et son sombre cortège,
    Que Dieu guide vos pas !
Le pauvre est sous le toît que recouvre la neige
    Ah ! ne l'oubliez pas !

Hâtez-vous d'arriver, dans sa sombre demeure
    Où couvert de haillons ;
Il cherche, mais en vain, avant sa dernière heure
    Un âtre aux chauds rayons.

Si le vieillard, l'enfant ou la jeune orpheline,
    Qu'aiguillonne la faim ;
S'en viennent près de vous, quand le soleil décline
    Vous demander du pain !

Si la voix d'une mère au seuil de votre porte,
    L'enfant sur ses genoux ;
Vous dit, avec sa voix et suppliante et forte,
    Pitié ! Pitié de nous !...

Que vos cœurs à ces cris, s'émeuvent de tendresse,
    Pour eux soyez humains.
Si vous voulez que Dieu conserve la richesse,
    Qui brille dans vos mains.

Si vous voulez surtout, quand s'éteindra la vie
    Regarder sans remord,
La route, que vos jours sans peine aura suivie ;
    Donnez avant la mort.

Donnez heureux ! donnez ! vous êtes comme l'onde,
    Dont le cours incessant,
Porte dans chaque flot, le trésor qui féconde
    Les terres en passant.

Songez que la vertu survit à tous les âges,
    Et que l'aumône un jour,
Ira vous déposer aux immortels rivages,
    Sur ses ailes d'amour.

Et parmi les vertus qu'à l'homme le Ciel donne,
    Source de son bonheur :
L'aumône, est le plus beau fleuron de la couronne,
    Qu'il porte au fond du cœur.

A défaut des accords de ma trop faible lyre,
Que l'ange dans vos cœurs, vous inspire ce soir ;
Partez, courez, volez ; vers celui qui soupire,
Soyez sa providence et son unique espoir.

LA ROSE.

Pourquoi belle rose ,
D'un matin éclose
Porter sous ta fleur ;
L'épine traîtresse ,
Qui sous ta caresse ,
Cache une douleur ?

Si j'avais ta grâce ,
J'aurais à ta place ,
Pour tous la bonté ;
Dont jouit zéphire ,
Alors qu'il soupire
Près de ta beauté,

Mais , fleur adorable ,
Au plaisir semblable ,
Tu caches ton dard :
Ta beauté farouche ,
Dès que l'on y touche ,
Punit sans retard.

Miroir de la vie .
De douleurs suivie ,
Tu n'as qu'un beau jour ;
C'est , quand tu décores ,
Et que tu colores ,
Le front de l'amour.

PETITE PHILOSOPHIE AMOUREUSE.

Amante fidèle ,
Viens dans ma nacelle ,
Près de moi t'asseoir ;
Sur la mer sonore ,
Que le soleil dore ,
Berçons-nous ce soir.

Le vent qui soupire ,
Pour nous , semble dire
Vivez pour l'amour ;
Car , l'instant qui passe ,
Pour toujours efface ,
Les plaisirs d'un jour.

Puisque le temps presse
Et que notre ivresse ,
Est sans lendemain ;
Buvons d'une haleine ,
Cette coupe pleine ,
De bonheur humain.

LES LARMES D'UNE MÈRE.

Elle était jeune, elle était belle ;
C'était un trésor précieux ;
Qu'à mon cœur, la mort trop cruelle
Convoitait déjà pour les cieux.

Rien ne pourra sécher mes larmes,
Que peut le temps pour la douleur !
Oui, les pleurs ont encor des charmes
Alors qu'ils soulagent le cœur.

Coulez, larmes silencieuses
Sans interrompre votre cours,
Larmes pour moi si précieuses,
Ah ! de mes yeux coulez toujours.

Coulez , jusqu'à la dernière heure ,
Tribut du cœur, bien précieux ,
Soyez , les larmes que je pleure ,
Comme des perles dans les cieux.

Qu'importe des jours la durée ,
Qu'importe le nombre des jours ,
Si de mon cœur fille adorée
La mort te ravit pour toujours !

Frappe sans délai , mort cruelle !
Que m'importe à moi, ton courroux ;
Quand la douleur est éternelle ,
Le dernier jour est le plus doux.

RÊVERIES.

Du vent dans la plaine
Quand la fraîche haleine
Passe vers le soir,
Je cherche une rive,
Où sa voix plaintive
M'invite à m'asseoir.

Silence et mystère
D'une nuit austère
Font seuls mon bonheur.
Et le temps qui passe,
N'en laisse la trace
Qu'au fond de mon cœur

J'aime, sous la voûte
Du ciel qui m'écoute
Entendre ces voix ;
Douces inconnues ,
Descendant des nues
Chantant dans les bois.

Quand ces voix étranges
Chantent des louanges
A ravir mes sens :
Mon âme rêveuse ,
Se reveille heureuse ,
A leurs doux accens.

A UN JEUNE HOMME.

Depuis quand, dites-moi, moderne juvenal,
De l'aristarque ancien, vous croyez-vous l'égal ?
Votre esprit se croit-il, habile à la satire ?
Savez-vous, qu'il en faut, lorsqu'on veut, tout bien dire
Que peu de gens ont eu du talent dans cet art
Et que la France n'eût qu'un Boileau par hasard.
De son esprit, je vois, vous avez fait emplette
Avec l'intention de devenir poète.
Hélas ! l'intention ne suffit pas toujours,
Et le succès ne vient, qu'après de bien longs jours.
Vous êtes jeune encor, quel heureux privilège !
Vous avez même plus ! celui d'être au collége.

Vous me l'auriez caché, que je l'eusse aperçu.
Au décousu charmant dont l'épitre est conçu.
Vous avez bien médit et médit à votre aise ,
Sur un sujet qui n'est, rien moins qu'une fadaise
La moutarde à la fin vous montant au cerveau ,
Sur le pauvre épicier vous tombez de nouveau.
Je ne vois pas , pourtant, malgré votre jactance ,
Des états entre nous, la si grande distance.
Moi, fils d'un épicier et vous fils d'un coiffeur,
L'état de nos parents ne doit point faire horreur :
Sans leur état, mon Dieu, que serions-nous ? j'ignore,
A moins que selon vous, un état déshonore...
Que dut penser Rousseau ! car l'on ne peut nier,
Que Jean–Baptiste fut le fils d'un cordonnier :
Il dut penser, je crois, que la plus part des hommes
Ont été dans leurs temps, ce qu'aujourd'hui nous sommes
La naissance jamais ne ternit le talent,
Lorsqu'il part de bien bas, il est plus éclatant.
N'allez pas pour cela, vous mettre en la mémoire,
Que de nous deux je veuille, ici faire l'histoire.
Je sais ce que je vaux et vous , pouvez valoir,
Mais, je n'en dirais rien, de peur de prévaloir.
Le Condamné, grand Dieu ! quel méchant dialogue !
Dites-vous ? je le crois, c'est encor de ma drogue ;
Je m'en doutais avant , que vous me l'eussiez dit ,
Cet ouvrage après tout, je le garde inédit :
Que vous l'auriez mieux fait, si vous l'aviez pu faire,
Vous, qui connaisez l'art, en écrivant de plaire.
Enfin, je tiens en main, un chef-d'œuvre de vous,
Qui me dispense hélas ! de m'en montrer jaloux...

Et sans vouloir en rien, me croire plus habile,
Je vous donne à mon tour un conseil très utile ;
Vous avez trop d'esprit pour être très heureux ,
Eh bien pour l'être plus, sachez borner vos vœux.

A Mlle ANGÈLE. ***

Quand sous vos doigts mignons et roses,
J'entends bondir le clavier ;
Vous ne savez combien de choses !...
J'ose en secret vous envier.

Si je pouvais prétendre encore
A rajeunir mes premiers ans,
Comme la fleur qui vient d'éclore,
J'en fusse encore à mon printemps :

Je joindrais les sons de ma lyre,
A tous vos ravissants concerts,
Votre musique, qui m'inspire
Donnerait du charme à mes vers.

Et nos cœurs jumaux d'harmonie,
Couleraient des jours de bonheur ;
Car la musique est du génie,
Toujours l'inséparable sœur.

LA SOLITUDE.

MÉDITATION POÉTIQUE.

J'avais cet âge heureux qui termine l'enfance,
Où l'esprit est encor fidèle à l'espérance
Et le cœur tout rempli d'harmonie et d'amour,
A la limpidité des premiers feux du jour.
Souvent, j'allais le soir loin du bruit de la ville,
Aux champs silencieux chercher un doux asile,
Où le thin, le genêt, simples fleurs du printemps
Répandaient dans les airs, leurs parfums énivrans.
Je m'arrêtais parfois au pied de nos montagnes,
Qui portent sur leurs flancs des riantes campagnes,

Et là, je m'asséyais sous le vert parassol,
Que figure si bien, le pin sur notre sol.
Quel spectacle charmant venait ravir ma vue !
La mer roulant ses flots dans la vaste étendue,
Laissait glisser sans bruit sur son dos de vermeil,
Quelques bateaux pêcheurs, que dorait le soleil.
La vague lentement en mourant sur la grève,
Élevait un doux bruit qu'harmonisait mon rêve.
J'aimais encore à voir le soleil de ses feux,
Érailler en mourant le ciel et les flots bleus.
Puis, la nuit succèdant, tendre son voile sombre
Allonger ou grandir chaque objet par son ombre.
Sentir, le vent léger qui raffraîchit le soir,
Voir, l'étoile briller à l'horizon tout noir,
Entendre, chantonner le pâtre à la colline,
Ainsi que du hameau, cette cloche argentine
Dont la pieuse voix ordonne le repos
Et va de loin en loin éveiller les échos.
Écouter, ces accords que la nature entière
Traduit par un soupir, l'homme par la pierre :
Car la terre, les cieux, la mer, les monts, les bois,
Pour mes sens étonnés, semblaient avoir des voix.
J'étais à l'âge heureux où dans un beau mirage,
L'existence apparaît comme un ciel sans nuage ;
Temps heureux ! où trois mots composent le bonheur,
Croir, espérer, aimer : ces richesses du cœur
Que nous perdons souvent au contract de ce monde,
Quand l'intérêt s'agite et l'égoïsme gronde ;
Tous ces trésors du cœur qui naissent avec nous,
Qui rendent au début l'homme sensible et doux :

Que n'avons-nous mon Dieu! le sublime avantage
De les garder intacts, jusqu'au déclin de l'âge ?
Pourquoi ce monde enfin où tu nous a placés
Exige-t-il de nous des cœurs qui soient glacés ?
Si nous pouvions au moins éterniser l'enfance
Puisque la paix, la joie ainsi que l'espérance
Sont des dons reservés à nos seuls premiers ans,
Et qu'ainsi que les fleurs, ils n'aient qu'un seul printemps.
Pourquoi! mon Dieu pourquoi! ta bonté souveraine,
N'a-t-elle mesuré notre force à la peine ?
Pourquoi faut-il que l'homme accablé de douleurs
De l'enfance au berceau ne verse que des pleurs ?
Arrête, ô ma raison! la plante solitaire
Craint les rigueurs du temps dont elle est tributaire.
Le ruisseau dans son cours épuise ses trésors.
L'oiseau meurt en chantant, sur ses humides bords.
Tout ce que Dieu créa, dans son œuvre sublime,
Ne s'élève un moment que pour combler l'abîme.
L'insecte qui bourdonne et l'enfant au berceau,
Portent de la douleur l'ineffaçable sceau.
Ah! je comprends enfin, la vie est une épreuve
A la coupe de fiel où notre âme s'abreuve.
Ce n'est point ici bas qu'est la félicité,
Mais elle est au séjour de l'immortalité.

A MON AMI M...

※

La musique est pour moi, comme un nouveau dictame :
Elle adoucit les maux, dont s'attriste mon âme.
Que j'aime ses accords tendres et gracieux ,
Ils émeuvent mon cœur, comme une voix des cieux.
Aussi, combien de fois quand l'âme est recueillie ,
J'aime à me rappeler : *Près de toi tout s'oublie !*
Cet air, que je retiens, comme un songe d'amour,
S'attache à mon esprit et la nuit et le jour.
Son souvenir, m'est doux comme un aveu de l'âme,
Qu'un jour, l'on recueillit des lèvres d'une femme.
J'ai, souvent entendu sur les bords de la mer,
Le bruit du flot plaintif qui se mêlait dans l'air,
J'ai, quelques fois aussi dans une paix profonde
Entendu les oiseaux chantant au bruit de l'onde.
Enfin j'ai, m'égarant, sous la voûte des bois,
Entendu murmurer la brise quelques fois.
Eh bien tous ces concerts dont la source est sublime,

Ne peuvent effacer les tiens dans mon estime.
Ami, pardonne donc à mes faibles efforts,
Ils valent je le sens, bien moins que tes accords.
C'est pourquoi bornant là, mon impuissant délire,
Je m'arrête un moment, pour écouter ta lyre.

UN SOIR D'ÉTÉ.

Un soir d'été j'aime la brise
Et quand la nuit descend des cieux,
L'on dirait qu'une mante grise
Dérobe la terre à nos yeux.

J'aime, cette heure où le silence,
Compagnon discret de la nuit,
Laisse à la lune qui s'élance,
Le soin de voyager sans bruit.

J'aime, des monts la dentelure,
Rare et sublime effet du temps,
Inimitable. architecture,
Qui plait aux yeux, ravit les sens.

J'aime, l'aspect riant ou sombre,
Que la lumière en se mouvant,
Projette encore au sein de l'ombre,
Quand un nuage glisse au vent.

J'aime, parfois le doux murmure,
Du vent dans le feuillage vert,
J'aime, la voix sonore et pure
Du rossignol dans le désert.

J'aime, l'insecte qui bourdonne,
Le vert luisant et le grillon.
J'aime, quand la cloche abandonne
Au vent, sont léger carrillon.

Tout à cette heure dans l'espace,
S'en va jouir d'un doux repos ;
C'est l'heure ou l'ennui qui s'efface,
S'en vient donner, trève à nos maux.

Quand rien dans cette solitude,
N'entrave l'esprit et le cœur,
Exempte alors d'inquiètude,
L'âme seule, aspire au bonheur.

C'est le moment où la prière,
Monte vers Dieu, comme un encens,
Et que la foi de sa lumière
Inonde et pénètre mes sens.

Dans ma pieuse rêverie,
Alors pauvre exilé des cieux,
J'admire, là haut, ma patrie,
Seul bien, dont je suis soucieux.

Le ciel de l'homme est l'héritage.
Qu'importe la prospérité,
S'il n'a point la terre en partage,
Il a dumoins l'éternité.

LA MAISON ABANDONNÉE.

※

Il est dans un lieu solitaire
Peuplé de thyms et de genêts ,
Et près d'un ormeau séculaire,
Quelques vieux murs abandonnés.

Des murs ! voilà tout ce qui reste
De la maison où je naquis,
Et le temps de sa main funeste
Jonche le sol de ses débris.

Hélas ! gisant sous la colline
Ces débris si chers à mon cœur,
Quand mon regard vers eux s'incline,
N'y trouve plus que la douleur.

Le temps a fait rouler la pierre
Où je jouais étant enfant ;
La porte est close et c'est le lierre,
Qui seul, la couvre et la défend.

La vigne, sur ces murs paisibles
Courbait ses branches en arceaux,
Et ses rameaux, verts et flexibles
Fesaient de frais et doux berceaux.

Je me souviens qu'à ma fenêtre,
Que visitait un beau soleil ;
Il venait, souvent apparaître,
Un cep de vigne, au fruit vermeil.

Qui sait, si de ses mains cruelles,
Le temps n'aura pas démoli,
Cette tuile où les hirondelles,
Bâtissaient un nid, si joli.

Tout respirait dans sa retraite,
Joie, espérance, amour, bonheur ;
Et maintenant triste et muette
Son silence afflige mon cœur.

Au seuil de la maison déserte
Ma mère ne vient plus le soir,
Et seul, sur la pelouse verte,
Triste et pensif, je viens m'asseoir.

Mon pauvre cœur se désespère,
Lorsque je pense qu'à jamais!
La mort, un jour dans sa colère,
Vint me ravir, ce que j'aimais...

Qui peut me rendre l'espérance?
Qui peut me rendre cet amour?
Qui peut me rendre mon enfance?
Et ce bonheur, qui n'a qu'un jour....

Qui sait, si la feuille qui tombe
Sous les coups redoublés du temps,
Avant de descendre à sa tombe,
N'a pas souci, de son printemps.

Sans doute, au passé tout se lie
Par le chaînon du souvenir,
C'est un écho d'une autre vie,
Que le cœur aime à retenir.

L'AUTOMNE.

Doux gazon qu'as-tu fait de ta belle parure,
Qui verdissait au loin la plaine et le vallon?
Cette robe des champs si gràcieuse et pure,
L'as-tu livrée enfin au méchant aquilon ?

Et toi, bois couronné d'un reste de feuillage,
Pâle, jaune et brulé, livreras-tu demain,
Ces restes par hasard échappés à l'orage
Et qu'aux mêmes rigueurs condamne le destin ?

Déjà, je ne vois plus', pendre aux branche des saules
Ces rameaux éffilés qui pointaient dans les eaux,
Ni, je n'entends encor sous leurs vertes coupôles,
Les accords ravissants que formaient les oiseaux.

Ah ! quand je viens le soir rêveur et solitaire
M'arrêter un moment sous le dôme des bois ,
Je crains qu'à ce soleil , dont pâlit la lumière .
Vous ne disiez adieu pour la dernière fois.

Les beau jours sont passés et la nature expire .
Comme un agonisant sont regard est voilé .
Mais ce regard est doux comme est doux le sourire
D'un ami dont le souffle aux cieux s'est envolé.

Chaque feuille qui tombe , image de la vie ,
Rappelle avec douleur l'espoir évanoui ;
Sur le passé , mon œil , jette un regard d'envie
Et mon cœur à regret dit : je n'ai pas joui.

La fleur rend son parfum doucement à la terre ,
Où le laisse envoler sous la voûte des cieux .
Dans la nature tout , n'est qu'amour et mystère ;
Mon âme est-elle plus qu'un son mélodieux ?

Arbres , ruisseaux , vallons , soleil et doux zéphire ,
Vous m'avez tant donné , que je dois en retour ,
Avant le dernier jour , vous chanter sur ma lyre ;
Ce chant sera pour vous, mon dernier chant d'amour.

L'HIVER.

Décembre hâte déjà le penchant de l'année,
Des ravages du temps la terre est consternée,
Et comme un messager chargé d'un pli de mort ;
Ce mois porte avec lui, l'austérité du sort.
Sur les lieux où son pied à chaque pas s'imprime,
Il foule une existence où découvre un abîme.
J'ai vu d'agrestes fleurs qui couronnaient les monts,
Des vignes qui couraient les coteaux en festons,
Des moissons qui fuyaient sur le dos de la plaine
Quand le vent les poussait avec sa rude haleine,
Des bois, qui balançaient leurs verdoyants rameaux,
Les saules, qui pendaient leurs branches dans les eaux,
Des oiseaux, le matin au fond des verts bocages,
Faire retentir l'air de leurs tendres ramages,
J'ai vu, dans le printemps sur chaque fleur encor
Les perles de la nuit briller en gouttes d'or,
Des troupeaux tondre l'herbe à la rive fleurie.

L'hirondelle raser l'émail de la prairie,
Les étoiles le soir brillantes à leur tour,
Au milieu de la nuit laisser glisser le jour :
La terre se parer au reveil de l'aurore
Des roses du matin que le soleil colore.
La brise en s'éveillant exhaler un soupir
Aussi doux que celui qui précède un désir.
Le léger papillon aux ailes diaprées,
Voler de fleur en fleur dans toutes les contrées,
S'énivrant de parfum, de fraîcheur, de beauté,
Dans leurs calices pleins de douce volupté.
La fauvette, sautant sur la branche nouvelle,
Chantant pour appeler ses petits auprès d'elle;
Mais ces jours ne sont plus, Décembre les à clos,
La nature s'endort dans un morne repos.
A ces plaisirs nombreux, il faut que l'on renonce,
Le spectacle des champs est fini : tout l'annonce.
Voyez, ces noirs glaciers suspendus dans les airs ;
Ces champs tantôt peuplés et devenus déserts.
Ce soleil qui chauffait et fécondait la terre.
Ce vent tiède du soir qu'on respirait naguère,
Ces vignes et ces bois, ces fleurs et ces gazons,
Qui paraient les coteaux et couronnaient les monts,
Ce concert des oiseaux, cette voix douce et pure
Que l'eau d'un clair ruisseau, confond dans un murmure,
Cette brise du soir, qui chantait dans les pins,
Comme les douces voix du cœur des séraphins.
Ce laboureur suivi de sa jeune famille,
Savourant le bonheur auprès de la charmille:
Ces enfants disputant à travers les guerets

A qui doit revenir les plus jolis bluets :
Ce moissonneur ardent qui fait crier le chaume
Sous sa faux, qui bondit, dans l'air comme une paume,
Ce jeune enfant couché sous la vigne en arceau ,
Qui dort profondément comme dans un berceau ,
Tandis. qu'à ses côtés le vent léger qui glisse ,
Murmure faiblement comme un chant de nourrice :
Enfin , le papillon . l'abeille au corset d'or,
Sans le froid qui la chasse , on la verrait encor :
Voilà ce que l'on voit dans la saison des roses :
Mais l'hiver va faner toutes ces belles choses.
Déjà , le vent du nord balaye les débris
Des rameaux que son souffle en un jour a flétris :
Le soleil disparaît sous une brume épaisse
Qui couvre au loin les cieux et qui vers nous s'abaisse :
Les oiseaux ont quitté les bosquets et les champs ,
Un silence de mort a remplacé leurs chants,
Et les arbres parfois au vent courbant leurs têtes
Claquent comme des os pendant à des squelettes.
Au paisible ruisseau qui s'écoulait sans bruit ,
Succède le torrent qui mugit et détruit.
A la brise d'été qui fraîchit l'atmosphère ,
Succède l'ouragan qui ravage la terre.
Ces rochers tantôt verts, arrondis et mousseux ,
Ressemblent maintenant à des crânes osseux ,
Ces fraîches fleurs d'hier que la bise a fanées ,
Sont comme ces cheveux qu'ont blanchis les années.
Tout flétrit, tombe et meurt sans un léger soupir ;
Mais la terre à son tour peut-elle donc mourir ?
Non, la terre et le temps ont une même aurore.

Qui sans cesse finit et recommence encore ;
Elle dort en hiver, mais s'éveille au printemps
Au souffle des zéphirs et des joyeux accens,
Que les oiseaux en chœur sous les naissants ombrages
Élèvent pour louer le maître des orages.
C'est, qu'alors les rayons dorés d'un chaud soleil,
Fondant les froids brouillards, donnent un jour vermeil.
Le gazon reverdit où blanchissait la neige,
Les étoiles, aux nuits, font un brillant cortège ;
Sous ce linceuil de mort qui couvrait l'univers,
L'arbre ressucité pousse des rameaux verts :
La nature en travail enfante des merveilles,
Sur le buisson flétri, croît des roses vermeilles ;
De l'abîme au rocher qui s'approche des cieux,
Tout revet la couleur et la vie à nos yeux,
Tout renaît : l'homme seul, sans retour vers la vie,
Sur un passé qui fuit, jette un regard d'envie.

L'HEURE DU BONHEUR.

J'aime à venir le soir dans la vallée ombreuse,
A l'heure où le soleil fait ses derniers adieux ;
Là, près de toi, mon âme en respirant heureuse
A pour témoins, ton cœur, la nature et les cieux.

Qu'ils sont beaux, ces moments où l'âme est en délire !
Quelle langue jamais ne sut les exprimer !
Quels suaves accords de la plus douce lyre,
Les rendraient aussi bien, qu'un cœur qui sait aimer !..

J'aime, quand ton regard timidement se baisse,
Que ton front gracieux penche vers le gazon ;
Sentir dans mes deux mains, tes deux mains que je presse
Et l'amour dans mon cœur, remplacer la raison.

Entendre, murmurer du vent, la faible haleine ;
Voir, balancer aussi les feuilles de nos bois ,
Entendre, le doux bruit d'une source lointaine
Qui semble à nos discours mêler sa douce voix.

Le rossignol chantant dans sa sombre retraite
Et les airs retentir de ses chants grâcieux ;
Puis, ces chants faiblement, qu'un autre écho repète,
Monter comme un encens jusqu'aux portes des cieux.

Voir, la voûte des airs, lorsqu'elle s'illumine
De ces orbes de feu que sema l'Éternel,
Et que majestueuse au loin sur la colline,
La lune avec lenteur s'élève dans le ciel.

Alors, ta douce voix résonne à mon oreille
Un mot qui tient en lui mon bonheur suspendu ;
Ta bouche le dit bien, nouveau comme la veille ,
Je l'écoute, et mon cœur t'a déjà répondu.

Nos deux âmes alors fesant qu'une seule âme,
Et l'amour de nos cœurs ne fesant qu'un seul cœur ;
Ne te semble-t-il pas qu'une invisible trame ,
Pour nous deux en secret compose le bonheur ?

Ne te semble-t-il pas, ô moitié de moi-même ,
Que le souffle divin nous fit une âme à deux ?
Que l'existence en nous est un bien doux problème,
Que nous nous expliquons pas les soins d'être heureux ?

Ne te semble-t-il pas que des lois éternelles,
D'un bonheur infini vont assurer le cours ?
Que le temps pour nous deux n'aura jamais des ailes,
Qu'ainsi que nous aimons, nous aimerons toujours ?..

L'ORPHÉLINE.

C'était l'heure du soir, le soleil lentement
Comme un globe de feu brillait au firmament,
Ses rayons affaiblis aux teintes purpurines,
Coloraient le sommet des plus hautes collines ;
La cloche du hameau de sa voix tour à tour
Annonçait la prière avec la fin du jour :
Les dernières rumeurs de le nature entière
Se fondaient dans les flots d'azur et de lumière.
La plaine était déserte, aux penchants des coteaux
A peine voyait-on errer quelques troupeaux,
Les oiseaux attardés se plongeaient sous l'ombrage
Où d'autres babillaient couverts par le feuillage,
Du calice des fleurs, comme d'un encensoir,

Les parfums s'envolaient sur la brise du soir,
Même, ce vent parfois du bout de son haleine
D'un solitaire cœur semblait trahir la peine ;
Tandis, qu'un couple heureux en traversant les champs,
En se penchant tout bas disait des mots touchants.
A l'horizon lointain une chaumière aimée,
Laissait monter dans l'air un rayon de fumée,
Tout semblait commander le calme et le repos,
Un silence profond endormait les échos.
A cette heure, une fille, au maintien simple, austère,
Parcourait à pas lents un sentier solitaire,
Ses yeux ne voyaient rien, son cœur ne battait pas
Au spectable aérien qui naissait sous ses pas
La nature avait beau dans sa douce harmonie
Lui montrer les trésors de sa grâce infinie,
Tout ce qui charme l'âme, ou fait rêver les sens
Tels, que rayons du jour et concerts ravissants.
Rien ne peut détourner de son âme oppressée
Un souvenir cruel qui brise sa pensée ;
Ce souvenir hélas ! date dès son berceau,
Son cœur semble en garder l'ineffaçable sceau,
Tandis, que tout s'amuse et tout chante au village,
Que le bonheur sourit aux filles de son âge,
Sa tête se détourne à l'aspect des plaisirs,
Les pensers de sa mère occupent ses loisirs.
La mort la lui ravit ! la mort dans sa colère,
Peut elle faire plus, que ravir une mère ?
Pauvre fille, elle va loin du monde et du bruit
Chercher un coin de terre à l'heure de la nuit :
Elle est là ! ... Rien de plus ! Point de froid mausolée !

Ni de pleureuse en pierre avec art ciselée ;
Symbole de douleur, que l'homme avec orgueil.
Dans le champ du repos place au bord d'un cercueil,
Mais une simple croix, des fleurs, une couronne
Qu'elle arrose des pleurs, que la douleur lui donne.
Décorent ce tombeau. monument où son cœur
Vient prier chaque soir avec plus de ferveur.

Et là tout bas dans sa prière,
Son âme s'ouvre à la douleur,
La larme perle à sa paupière,
Comme l'eau perle sur la fleur,
Dieu de bonté dont la puissance
De l'univers règle les lois,
Fais que ma voix monte et s'élance
De la solitude des bois,
Jusqu'à la céleste voûte
Où de ton trône d'équité,
Ton oreille attentive écoute
Les vœux de l'humble humanité,
Mon Dieu, qui fait verdir la plaine
Et mûrir l'épis dans les champs,
Qui donne l'onde à la fontaine,
Qui fait les beaux jours du printemps ;
Donne à mon cœur force et courage.
Afin que je ne tombe pas,
Sous les coups de l'inique rage

Que le mal déchaîne ici bas.

Une voix, lui répond : ma fille,
Sèches tes pleurs, va, pauvre enfant.
L'orpheline est de ma famille,
Je rends le faible triomphant,
Je console celui qui pleure,
Pour lui, j'ai des dons précieux,
S'il souffre et gémit à toute heure :
Sa récompense est dans les cieux.

La prière et les pleurs ont la toute puissance
De trouver dans le Ciel amour et récompense,
Ainsi, l'a dit ce Dieu, dont la seule bonté
Sans s'épuiser jamais, soutient l'humanité.
Et confiante en lui, sa prière nouvelle
Débordait de son âme avec un nouveau zèle.
Ah ! qui pourrait jamais dépeindre en ce moment,
L'extase, la douleur, le saint ravissement
De ce cœur qui demande à Dieu, tout ce qu'il pleure
Et qu'il ne reverra qu'en une autre demeure.
Quand tout semble lui faire un éternel adieu.
Et la douleur la met face à face avec Dieu.

Mais la lune bientôt franchissant les montagnes,
Versa ses flots d'argent sur toutes les montagnes,
La cloche suspendit son léger carrillon,
L'on entendit au loin que le cri du grillon
Et le vent frais du soir pleurant dans la bruyère,
Qui se mélait au bruit de sa douce prière :
La jeune fille alors, essuya de sa main
Quelques larmes encore, et reprit son chemin.

L'ENFANCE.

Il est un âge heureux composé d'innocence,
De grâces, de beauté, de croyance et d'amour,
Où le cœur sans remord se livre à l'espérance
Où notre âme a l'éclat, la pureté du jour.

Cet âge est si léger, qu'il passe comme une ombre,
Ombre, que l'on voudrait, près de soi retenir,
Il est semblable au son, qui le dernier au nombre
En frappant sur l'airin s'en va s'évanouir.

Enfant, si notre esprit pouvait au moins comprendre
Combien l'homme ici bas est sujet aux douleurs,
A vivre longuement nous n'oserions prétendre :
Car la vie est souvent une source de pleurs.

Ah ! pourquoi se hâter d'arriver à ce terme
Qui fait de l'existence éprouver le dédain,
Quand le cœur desséché, comme une fleur se ferme ;
Qu'importe, qu'à nos jours s'ajoute un lendemain.

Enfants, n'oubliez pas que vos jeunes années
Ressemblent à des fleurs qui naissent au printemps,
Fraîches dès le matin et vers le soir fanées,
Qu'emporte sans retour le tourbillon du temps.

Comme elles, jouissez de la première aurore,
Pour vous, la vie est belle et le soleil est pur,
Jouissez du présent, il en est temps encore,
Le bonheur à venir, enfants, n'est pas bien sûr.

Le temps vous apprendra, si Dieu vous donne vie ;
Combien l'homme est ingrat et sujet à l'erreur
Et vous saurez bientôt tout ce que peut l'envie,
Quand la fausse amitié l'introduit dans le cœur.

Riez, il en est temps, l'on ignore à votre âge,
Les soucis, les remords et soyez gracieux,
Quand on est jeune encor, la vie est un mirage
Qui réfléchit au cœur, tout ce qui plaît aux cieux.

LE DÉSESPOIR.

⁂

Au sombre désespoir, je veux livrer mon âme;
Du printemps de mes jours, j'ai moissonné la fleur :
Dans mon cœur désséché que nul désir n'enflamme,
La froide main du temps a rivé la douleur.

La douleur ! ce seul bien que l'homme ait en partage,
Se cache même au fond de la félicité ;
Le monde est l'aliment qui convient à sa rage,
Il trouve dans le mal sa seule volupté.

Eh quoi ! l'homme ici bas du crime de ses pères
Souffira-t-il toujours le rude chatiment ?
Et d'âge en âge ainsi, ses fils hériditaires,
Seront-ils du malheur l'éternel aliment ?

Mon Dieu, tu ne m'as donc, accordé l'existence
Que pour douter, souffrir! quand, tout ce que tu fais
Atteste ta grandeur, ta gloire et ta puissance ;
L'homme seul serait-il exclus de tes bienfaits ?

Oh ! dis-moi si je suis l'œuvre d'un pur caprice,
Un jouet qu'au hasard, tu livras au destin ?
Si ma vie en un mot, n'est qu'un long sacrifice
Et la terre où je passe un hécatombe humain ?

J'ai rêvé le bonheur, quand j'avais l'espérance !
J'ai caressé de loin ce riant avenir,
Infidèle miroir, qui fait voir à l'enfance,
Ce bien, que l'homme enfin ne saurait obtenir.

J'ai rêvé le printemps, les amours et la joie,
Ces éclairs de bonheur, qui n'en ont que le nom,
Ces fugitifs plaisirs que le monde déploie,
Qui s'échappent des mains sans rendre un léger son.

Si j'ai vu le bonheur, c'est au front de ma mère,
Quand elle m'asseyait parfois sur ses genoux ;
Ah ! qui m'eût dit alors, la vie est bien amère,
Enfant, de ce bonheur tu deviendras jaloux !...

J'ai dévoré ce temps . j'avais soif de la vie
Et des plaisirs trompeurs que l'on goûte à vingt ans,
Puis, la fausse amitié se joignant à l'envie,
Du fiel de l'existence empoisonna mes sens.

Que me font désormais le printemps, le zéphire,
Ces plaisirs longs d'un jour qui firent mon orgueil !
Valent-ils en un mot la plainte que soupire,
La lyre qui s'attriste au bord de mon cercueil ?

LE SAULE.

Sous ton mystérieux ombrage
Souvent j'aime à venir m'asseoir,
A l'heure où ton léger feuillage
S'agite et chante au vent du soir.

Près du ruisseau qui t'a vu naître,
L'onde qui coule sans effort,
Murmure un chant, qui vaut peut-être,
Pour toi, le plus suave accord.

Qui sait, si ce léger murmure,
Harmonieux concert des eaux,
N'a pas aussi, dans la nature,
De doux et fidèles échos.

Beau saule, quand mon cœur soupire
Dans un jour sombre de malheur,
Les faibles cordes de ma lyre
Près de toi, pleurent de douleur.

Dans tes rameaux qu'avec tristesse
Le vent agite quelques fois,
Ainsi que d'un cœur qu'on oppresse,
J'entends une plaintive voix.

Mais, cette voix, fraîche et sonore,
Chante le soir et le matin,
Pour louer Dieu, bénir l'aurore,
La mienne ; accuse le destin !...

A UN POËTE NORMAND.

Aurais-je bien compris ? Quoi ! ta muse normande
Aurait-elle besoin de notre beau soleil ?
Pour s'inspirer encor, faut-il à la Gourmande
La chanson des flots bleus et notre ciel vermeil ?

Non, ta muse, n'a pas quoiqu'en dise ta lettre,
Besoin des vifs rayons du soleil du Midi,
En lisant tes beaux vers, je comprends ô mon maître !
Qu'au foyer de ton cœur, rien ne s'est refroidi.

Tu ne m'as jamais dit, qu'aux lieux de ta naissance
Le ciel était limpide ou le climat brumeux,
Ni, comment au printemps, la brise se balance
En mêlant ses accords aux ruisseaux écumeux.

Je ne sais pas comment, dans ta belle contrée,
L'air s'emplit de parfums et le jour de clarté
Et la prairie en fleurs richement diaprée,
Sourit aux chauds baisers d'un beau soleil d'été.

Je ne sais pas comment, aux doux feux de l'aurore,
La nature s'éveille et répand ses accords ;
Ni, comment l'Océan, vers le soir se colore,
Quand le soleil s'éteint sur ses humides bords.

Je ne sais pas comment, est faite la chaumière,
Où coule d'heureux jours l'honnête laboureur,
Où l'enfant, jeune encor, épelle la prière,
Qui sait calmer les cieux dans un jour de fureur.

Je ne sais pas comment, l'âme devient rêveuse
Dans les sîtes charmants que troublent, seuls tes pas,
Quand tu vas, t'égarant dans la vallée ombreuse
Où les ruisseaux, les vents s'entretiennent tout bas.

Tu connais ces trésors ! Pourtant ton cœur soupire
Comme si ton pays ne valait pas le mien ;
Va, quand je lis les vers qui coule de ta lyre,
C'est moi, qui donnerais mon pays pour le tien.

Non ! Non ! le vif éclat dont ta verve étincelle
N'a rien perdu , crois-moi , de ces dons précieux ;
Si mon pays te plaît , viens ; car mon cœur t'appelle :
Nous chanterons ensemble et sous les mêmes cieux.

A M. DE LAMARTINE.

La terre revêtait sa plus fraîche parure
Sous le souffle attiedi des beaux jours du printemps,
Le ruisseau reprenait, en coulant, son murmure,
La fauvette exprimait de bien tendres accens.

La lavande et le thym couronnaient nos collines
Et livraient leurs parfums au vent léger du soir,
Confondant leurs couleurs au couleurs purpurines
Du jour qui s'éteignait comme un dernier espoir.

Dans les antres profonds et sous le vert bocage,
L'hôte inspiré des nuits chantait à pleine voix,
La brise mollement agitait le feuillage,
Ou chantait gravement sous le dôme des bois.

Les airs étaient semés de ces flots de lumière
Qui roulent lentement sous le voûte des cieux,
Une étoile semblait grandir dans sa carrière,
Sa clarté radieuse éblouissait mes yeux.

Elle versait d'en haut sur mon âme ravie,
Des torrens de clarté, d'harmonie et d'amour,
Étincelle de feu, qu'une éternelle vie,
Semblait entretenir dans l'immortel séjour.

Mais, hélas! combien peu fut longue sa durée,
Et passagère fut sa brillante clarté,
Je cherche vainement sa lumière adorée,
Mon cœur sans la revoir s'en retourne attristé.

Comme une étoile aux cieux, dans une nuit profonde,
Lamartine, ton nom eût un éclat lointain;
Ton génie était fait pour étonner le monde,
Un moment tu semblas commander au destin.

Mais la gloire est souvent une ingrate maîtresse,
A qui l'on donne, hélas! son amour, son repos,
Va, le génie encor survit à la richesse,
Ton nom aura toujours de fidèles échos.

On dit, que le malheur ayant aigri ton âme,
Ton esprit se refuse à façonner des vers!
Si le soleil perdait son immortelle flamme,
Dis-moi, que deviendrait notre triste univers?

Non, non, l'astre du jour à son heure dernière
De ses rayons vermeils colore l'horizon ;
La fleur rend son parfum, la lampe sa lumière.
Et l'âme ses accords, par la même raison.

Voilà pourquoi je crois au reveil de ta lyre,
Aux sons harmonieux comme ceux d'autrefois,
Ton âme peut encor dans un dernier délire,
Comme le vent du soir répandre au loin sa voix.

Réponse de M. de Lamartine.

MONSIEUR,

J'ai lu les doux et beaux vers, ils ont du parfum de Provence. Vous savez que si j'étais Homère, la Provence serait ma *Chio* : j'appartiens pour ma part en poésie, à son ciel; par ma reconnaissance à ses habitants. Si je n'étais pas dans les soucis de la vie, je chanterais à votre sommation ; mais c'est à votre tour : chaque génération doit chanter et gémir à son heure.

Recevez mes remerciments et rappelez mes souvenirs à l'*Athénée de Provence*, dont je m'honore d'être un barde maintenant sans lyre.

LAMARTINE.

Paris, le 25 avril 1853.

A M. MARY-LAFON.

Sous le climat heureux où tu reçus le jour,
Tout doit, Mary-Lafon, avoir de l'harmonie,
Ton ciel étincelant de lumière et d'amour,
Doit être bien celui qui convient au génie.

Sans doute, ton berceau fut couronné de fleurs,
Et la lyre chanta le jour de ta naissance ;
Enfant, tu ne devais jamais verser des pleurs,
Hors ceux, que font verser, la joie et l'espérance.

Les rêves les plus beaux devaient dans ton sommeil,
Sur des ailes d'azur porter ton âme aimante ;
L'âge de la raison, pour toi, fut ce réveil,
Qui sans troubler l'esprit devance son attente.

Aussi, chaque œuvre porte un reflet de ton cœur,
On sent en te lisant qu'une élétrique flamme
En déchirant le voile où se cachait l'erreur,
Apporte la lumière et la paix à notre âme.

Dis-nous, quelle est la fée au puissant talisman
Qui transforma ta plume en une douce lyre ?
Ou bien, ta plume a-t-elle encore un doux aimant,
Qui captive l'esprit et le force à la lire ?

A ta gloire, crois-moi, que manque-t-il ? plus rien.
Les histoires de Rome et Midi de la France
Avaient déjà, de toi, donné grande espérance;
Les troubadours, te font, un grand historien.

Réponse de M. Mary-Lafon.

Monsieur et cher Concitoyen .

J'ai reçu et lu avec le plus grand plaisir, les beaux vers que vous m'avez adressé. Vous avez, avec la vigueur d'esprit du Phocéen , la finesse et le goût de vos pères. Continuez sur le même ton et Marseille comptera bientôt un poéte de plus. On dit que le poéte sent, dépeint, vous l'avez été au commencement de votre pièce. C'est effectivement dans le plus délicieux pays et à coup sûr dans l'un des plus beaux sites du monde , que je suis né et que j'ai vécu libre et heureux jusqu'à près de 15 ans, sur les montagnes.

Des croisées de ma vieille maison, toute tapissée de lierre et de roses et abritée contre le nord par un rideau de lauriers, on voit, bien qu'il y ait quarante lieues de distance, les cols argentés des Pyrénées. A l'horizon et puis dans une plaine dont Toulouse et Bordeaux ferment les deux extrémités, trois blanches rivières, le Tarn, l'Aveyron et la Garonne qui jouent comme trois cygnes dans de magnifiques prairies : c'est là que je suis devenu ce que vous êtes naturellement. A 15 ans, je ne savais pas un mot de latin et j'avais à l'insu de tout le monde écrit déjà un volume de poésies que j'ai publié, presque sans changement, en 1835 et deux romans. En quatre ans j'appris tout ce qu'on enseigne au collége, puis je me mis à parcourir le Midi en pélerin, en fils plein de tendresse et lorsqu'il me fut bien connu, j'allai à Paris , le faire connaitre aux autres. L'amour qu'il m'inspire est comme celui de ma vieille maison et ces lieux qui m'ont vu enfant, c'est quelque chose de doux et de tendre au cœur. C'est le vent frais d'une matinée de mai, et la bouffée odorante qui sort de l'oranger quand les abeilles bourdonnent dans ses branches. Voilà pourquoi je vous remercie encore une fois, Monsieur, de me l'avoir rappelé ce pays bien aimé, dans une langue si mélodieuse.

Agréez ma franche et cordiale consdération ,

MARY-LAFON.

Paris , le 5 août 1853.

A MON AMI J^h FOUQUE.

EM RÉPONSE A SES JOLIS VERS.

Genève, tu l'as dit dans tes vers digne d'elle,
De toutes les cités Genève est la plus belle,
Et les flots bleus du lac, qui meurent à ses piés
Sont purs, comme les vers, que tu m'as dédiés.

CH. BISTAGNE.

A MON AMI JOSEPH FOUQUE.

LA PLUS FOLLE DES FOLLES.

FANTAISIE.

Je la berçais la plus folle des folles,
Je la berçais par un chant espagnol...
Et le zéphir balançait les corolles
Des cyclamens qui brillaient sur le sol !

C'était Nina ! la perle de Césage...
Le vent du soir entr'ovrait son corsage,
Frolait sa jupe et baisait son genou !
C'était Nina ! ma plus folle maîtresse,
Ses beaux cheveux que la brise caresse
En longs fils d'or blondissaient sur son cou !

Je la berçais la plus folle des folles
Je la berçais par un chant espagnol...
Et le zéphir balançait les corolles
Des cyclamens qui brillaient sur le sol !

C'était le soir... quand lr lune rayonne,
Quand le chamois dans son antre frissonne
En écoutant les derniers sons du cor !
C'était le soir... — Souvenirs pleins de charmes !—
« Je t'aime ! » dis-je, et je surpris deux larmes
Dans ses yeux bleus tous frangés de cils d'or !

Et je berçais la plus folle des folles
Je la berçais par un chant espagnol...
Et le zéphir balançait les corolles
Des cyclamans qui brillaient sur le sol !

La nuit, l'amour secondaient mon délire,
Les fleurs des bois qui semblaient nous sourire
Nous énivraient des parfums les plus doux !
Et sous mes doigts mon luth vibrait sonore,
Et je chantais, je la berçais encore,
Mais... ô bonheur ! glissant sur mes genoux.

Sous un baiser la plus folle des folles
Fit expirer le refrain espagnol...
Or le zéphir entr'ouvrit les corolles
Des cyclamens qu'il berçait sur le sol !

CHARLES BISTAGNE.

A MON AMI PIERRE BELLOT.

Ta muse légère et badine,
Sans s'émouvoir du poids des ans,
Semble, la belle à la sourdine
S'échapper des mailles du temps.

Le jour n'a jamais qu'une aurore,
La fleur, n'a souvent qu'un matin,
Mais ta lyre, douce et sonore
Endort les rigueurs du destin.

Le ruisseau , qui sort de sa source
Écume et bondit sur ses bords ,
Mais il épuise dans sa course ,
Avec ses flots , tous ses trésors.

Tandis , que le feu qui pétille ,
Dans tes vers doux et grâcieux ,
Se renouvelle et puis scintille
Comme une étoile sous les cieux.

O ! Bellot ! je sens qu'à ma lyre ,
Il manque un accord de tes chants ;
Toi , qui les fais gais et touchants ,
Pardonne à mon faible délire.

A MOUN AMI FOUQUO.

O lou marrit mestier, crei va mouu ami Fouquo,
Qué de fairé de vers à l'houro d'aujourd'hui ;
Eici, vouestre travailh toujours passo per hui ;
Vaou mies estre paysan, fouiré, poudar la souquo.
A Marsilho, moun bouen, lou vers lou plus requis
De caïré es alluquat se vent pas de Paris,
Sabi ben que lou tieou regouiro de génio,
Qu'es pastat de bouen sen, que rageo l'harmounio,
Qué ta rimo jamaï defeauto à la resoun,
Tout aquo va proun ben, maï din estou terraïre,
Se Barthoumieou, Mery, quant tant de saoupré faïré
L'aguessount samenat seis vers ; double canoun !

V'hui meissounarient pas la glori, lou renoum.
Adoun se deis aoutours voues augmentar la liasso,
Quitto, quitto Marsilho, aquello soto plaço,
Ountè l'homme à talent les gueirat de coustier,
Sé n'es pas négouciant, fabriquant, vo courtier
Pougeo, pougeo à Paris, vaï din la capitalo
Troubar l'ami Delord de tigeo prouvençalo,
Qué sur la linguo maïré escupe tant de fiens
Dins lou *Charivari*, juguet deis parisiens ;
Aqui teis poulis chants, perdus dedins Marsilho,
Per la foulo applaoudis li farant merevilho ;
As tout ce que ti faou per estré bouen aoutour,
Ti n'en disi pas maï, parté, Fouquo, bouenjour.
Aro ti remercieou de ta poulido épitro,
Crési, ma fé dé dieou, qué voues roumpré la vitro,
Quand mi dies qué moun vers canto mies que lou tieou,
Ti truffes moun ami, vaï, sabi ce que sieou.

PIERRE BELLOT.

A MOUN AMI Jⁿ FOUQUO.

BOUQUET.

Poueto de Floro et Pomouno,
Aoutant moudesto que gracieou ;
Qu'eme ma plumo à tu voudrieou
Tressar uno bello courouno
Cueilhido aou parterro embaima
Doou jardin doou grand Lamartino.
Que pousquessi d'uno voix fino
Dire coumo sies estima
Quan cantes la richo naturo ,
Que nous retraces la figuro
Dins teis sublimes et beous vers
Deis tresors de nouestre univers ;

Leis animaous , lou ciel , leis plantos ,
Que dins de tirados rounflantos
Fas balançar leis gays plesirs
Sus leis pampettos deis desirs.
Ha ! qu'alors , Fouquo, aïmi ti veïre !
Sieou fier coumo pouries pas creïre
De ti saoupré un de meis amis
Surtout per un deis plus cheris ,
Aïmi , senso emphaso ti dire :
Que mi boutes dins lou delire
A li pensar sero et matin
Quan liegi de vers fach ensin.
Ha ! meissouno et cueilhe , poueto ?
Marcho de counqueto en counqueto ,
Taou si cres rey de l'Hélicoun
Qu'a toun caïre es fouerso pichoun....
Per icou , lou pus maïgre rimaïre
De tout Marsilho et doou terraïre ;
Ti souvaiti per fouar longtems
Uno eïzistenci de printems ,
Que la passo d'aquesto terro
Ounte leis maous nous fan la guerro
Vegue per tu toutjours passis
Leis aoubros soumbros deis soucis ,
Et que siegues dins ta familho
Un des plus hurous de Marsilho.

A.-L. GRANIER.

LA ROSO.

Flous tant poulidetto,
Quand pouegne l'aùbetto
Ta vivo coulour;
M'espandisso l'amo,
L'embaimo, l'enflamo,
D'un prefum d'amour.

Envegi zefiro,
Quand, rodo, souspiro
Coumo un amourous;
Qu'eme seis alettos,
Ti fach de babettos
D'un biai tant courous.

Maï per ieoù cruello,
Quand ma man rebello
Vaou ti poussedar ;
Subran toun espino
Que degun devino
Mi lanço soun dard.

O flous passagièro !
Qu'à la terro entiero,
Plaises et fas gaou :
Sies tant leou passido,
Qu'en tu, de la vido
Vesi lou miraou !...

Cette petite poésie provençale a été lue au Congrès des poètes provençaux tenu à Aix, le 21 août 1853, et publiée dans le volume du ROUMAVAGI DEIS TROUBAIRES.

LA DINDOULETTO.

Mounte vas gento dindouletto
De mi quittar n'as-ti lou couar ?
Ah ! vagues pas roudar souletto,
Qu'aoucun ti dounarié la mouar.

Perqué fugi nouestreis contrados,
L'hiver, belcou, sera mourtaou,
L'hiver es long, pici seis gierados
Fan paou à qu n'a ges d'oustaou.

Vaqui perqué sieou din la pèno
E m'estranssini touci leis jours,
Fin qu'aou printems qué ti ramèno
Aou beou pays de teis amours.

Crei mi, la saison es cruello,
Percou lou sort es rigourous,
Sé ti visieou parti ma bello
Aourieou lou couar trop doulourous.

Adoun, escouto moun amiguo,
Vieouren ensen, es convengu,
Partrgearen fin qu'une briguo
Lou pan qué nous sera dégu.

Maï, beleou bello prisouniero,
Regrettariez ta liberta,
Si ti foulié din la sournièro
Mangear lou pan dé carita.

Rassureti, ma dindouletto,
Moun sort d'aou tieou n'es pas jaloux,
T'en anaras, maï quand l'aoubetto
Vendra pounchegear sus leis flous.

A la paouretto qu'escoutavo
Durberi moun estro plan, plan.
D'aou frech, d'aou fan n'en tremoulavo
Quand si paouset dessus ma man.

RÉPONSE A MON AMI GRANIER.

Enfant, n'as-tu jamais aux heures de loisir
Du spectacle des champs savouré le plaisir ?
Tes yeux, n'ont-ils jamais au lever de l'aurore
Vu, ces pleurs de la nuit que le soleil colore,
Comme des diamants aux arbres suspendus,
Ou bien parmi les fleurs égrainés, confondus,
Refleta les couleurs et l'ardente lumière
Que lui versa d'en haut l'astre dans sa carrière ?
Si c'est au mois de mai, le vent frais du matin,
Ne ta-t-il apporté le doux parfum du thym ?
N'as-tu jamais encor cherché l'épais ombrage,
Où les oiseaux en chœurs font leur tendre ramage ?
Quand le vent dans les bois agitait les rameaux

Et confondait leur bruit au murmure des eaux.
N'as-tu pas, vu bondir sur la verte pelouse
L'agneau qu'appelle en vain une mère jalouse ?
N'as-tu pas vu le chien ainsi que le berger
S'endormant côte à côte à l'ombre d'un verger ?
N'as-tu pas quelquefois, quand le soleil déclïne,
Porté tes pas le soir vers la plage marine
Et sur les flots vermeils où se déteint le jour,
N'as-tu pas entendu comme un soupir d'amour ?
L'on dirait qu'à cette heure une voix infinie
Mystérieuse et douce et dans les airs bénie,
S'élève pour louer le Dieu de l'univers
Bien mieux que ne le font nos plus chastes concerts.
O ! Granier, n'as-tu pas, toi, fils de la Provence
Interrogé par fois aux jours de ton enfance
Les monts, les mers, les bois ? dis-moi si ces beaux cieux,
N'ont pas charmé ton âme en captivant tes yeux ?
Sans doute, comme moi, tu sentis dans ton âme,
Remuer jeune encor cette invisible flamme,
Douce clarté du ciel, qui brille à l'horizon,
Comme un phare puissant de l'humaine raison :
Mais, plus heureux, que moi, ta part en poésie
Le Ciel te la donna plus grande et mieux choisie,
Dans l'idiôme vrai du riche Provençal,
Tu peux avec Peyrotte au moins marcher l'égal.
Tandis, qu'en hésitant je crains dans mon délire
Arracher des accords indignes de ta lyre.

LE COMDAMNÉ.

LA

CONFESSION D'UN CONDAMNÉ,

ESSAI DRAMATIQUE,

Par Joseph Fouque.

PERSONNAGES :

LE CONDAMNÉ.

LE PRÊTRE.

LA FEMME DU CONDAMNÉ. } *Personnages muets.*
UN JEUNE ENFANT.

L'action a lieu à Paris, en 1700.

LA CONFESSION D'UN CONDAMNÉ.

Au lever du rideau le théâtre représente l'intérieur d'une prison
Le condamné est lié par une épaisse chaîne à l'un des piliers ; une
fenêtre barrée et grillée, éclaire faiblement cette salle basse : son lit
se compose d'une légère couche de paille.

Scène Première.

LE CONDAMNÉ (*est seul*).

Quelle nuit! Quels momens, pleins de crainte et d'horreur!
Jamais, mon cœur ne fut, plus saisi de terreur ;
Et pourtant, ce n'est pas la mort qui m'épouvante,
N'ai-je point préparé, mon âme à son attente ?
N'ai-je pas dans mes nuits exemptes de sommeil
En le temps de penser à son sombre appareil ?
Quelle est donc cette voix, qui tout à coup s'éveille ?
Pourquoi ne parlait-elle au cœur ainsi la veille ?
Est-ce une voix d'en haut qui précède la mort ?
Est-ce un écho de l'âme ? Est-ce enfin le remord ?...
Le remord, à quoi bon! des regrets, eh qu'importe!
Comme la feuille, hélas! qu'un vent d'hiver emporte,
L'homme se laisse aller aux plaisirs orageux ;
Car, pour leur résister, l'a-t-on fait courageux ?
Le vaisseau lentement qui quitte le rivage,
Laisse par un temps calme, après lui, son sillage,
Que l'œil peut mesurer et voir à l'horizon
Comme une voie lactée en la belle saison.
Mais si les flots unis et doux comme une glace,
S'irritent à la voix de l'ouragan qui passe ;
Le navire, jouet du caprice des flots
Trompe les vains efforts que font les matelots,

Et courant au hasard les mers sous un ciel sombre,
Heurte à tous les écueils et périt par le nombre.
Ainsi, j'ai commencé, je fus heureux d'abord,
Comme ce fier vaisseau, qui va quitter le port,
Ignorant que la vie est une mer profonde
Qui cache sous ses flots un orage qui gronde.
Je déployais mon âme au souffle des plaisirs,
Comme on déploie en mer la voile aux doux zéphirs;
N'écoutant que la voix des sens, toujours avide,
Dont la soif chaque jour laissait la coupe vide,
Soif, qui brûle, consume et demande toujours,
Des aliments nouveaux que dévore son cours.
J'ai connu ces plaisirs, qui plongent dans l'ivresse,
Sans vous laisser au cœur, un parfum de tendresse;
Je leur ai demandé ce seul mot, le bonheur!
Et ce mot est resté sans réponse à mon cœur.
Parmi les compagnons des plaisirs de mon âge,
J'ai cherché vainement les maximes d'un sage,
Prodigues comme moi, de l'or et de leur temps
Ils glissaient au malheur sur la pente des sens,
Ne sachant à quel prix l'homme ici bas s'estime,
Sans m'estimer!... comme eux, je roulai dans l'abîme.
Oui, l'abîme, il est là '... silencieux! béant!...
Je n'ai qu'un pas à faire et je touche au néant.
Le néant pour le corps! mais le néant pour l'âme...
Cela n'est pas possible et si Dieu la réclame
Daignera-t-il aussi l'admettre au même rang.
Que celle, qui jamais, ne se souilla de sang?
Mais un prêtre m'a dit: mon fils tout se rachète,
La loi des hommes veut, d'un assassin la tête.

Mais Dieu, de ce même homme en fait un vrai martyr,
Si, son âme en mourant se rouvre au repentir.
Oui ! oui ! je me repens et cela sans faiblesse ;
J'ai besoin du pardon, ô mon Dieu ! le temps presse,
Combien ce nom si grand qu'adore l'univers !
Rien qu'en le prononçant semble adoucir mes fers.
Ah ! si ce prêtre, hélas ! au moment où j'espère
Allait venir encore !...

La porte s'ouvre, le guichetier introduit
le prêtre auprès du condamné.

Scène Deuxième.

LE CONDAMNÉ ET LE PRÊTRE.

LE CONDAMNÉ (*surpris*).

Ah !

LE PRÊTRE (*le relevant dans ses bras*).

Mon fils !

LE CONDAMNÉ (*avec joie*).

O mon père !

LE PRÊTRE.

Mon fils, n'aviez-vous pas besoin de me revoir ?

LE CONDAMNÉ.

J'y comptais ô mon Dieu ! comme un dernier espoir.
N'êtes-vous pas pour moi, par la sainte parole,
Un envoyé du Ciel, qui bénit et console.
Dans ce triste cachot, noir séjour de douleurs,

A qui, pourais-je mieux parler de mes malheurs ?
Qui, mieux que vous saurait aujourd'hui me comprendre,
Vous, qui, pour le pêcheur avec le cœur si tendre ?

LE PRÊTRE.

Apprenez, ô mon fils, qu'un ministre de Dieu !
Écoute le pêcheur avec calme en tout lieu ;
C'est le gardien de l'âme et le sauveur du monde,
L'homme l'appelle à lui, dans une foi profonde,
Observateur des maux de notre humanité,
Il l'aide et le console avec aménité.
Ici, c'est au chevet du lit d'une mourante,
Qu'il reçoit des aveux de sa voix expirante.
Là bas, c'est au détour d'un bois ou d'un chemin,
Qu'il assiste un mourant, qui tend vers lui sa main :
Puis, enfin on le voit jusqu'au pied du supplice
Accompagner celui qu'a frappé la justice.
Soit, qu'il suive l'enfant, le vieillard, l'homme mûr,
Soit, qu'il entre au palais ou sous le chaume obscur,
Sa mission toujours est de guérir qui souffre,
Et retenir celui qui marche vers le gouffre :
Notre rôle en un mot tout d'abnégation,
Nous défend tout orgueil et toute ambition :
Voilà mon fils, le prêtre et son saint ministère.

LE CONDAMNÉ.

Qu'il est beau ! qu'il est grand ! et surtout salutaire !
Pourquoi ! n'avais-je point ce rayon de la foi,
Que je sens aujourd'hui se ranimer en moi ?
Au lieu de ces amis que nous fait la fortune,
Que j'eusse préféré cette voix moins commune

D'un véritable ami, qui prône la vertu ;
Mais comme le vaisseau, que la vague a battu,
Je luttai faiblement contre un courant rapide
Où les vices à flots m'entraînèrent sans guide.

LE PRÊTRE.

Fils ingrat, et ce ciel où se forme le jour,
Ne vous parlait-il pas d'innocence et d'amour?
Ces étoiles, la nuit, brillant dans un ciel sombre
Et dont l'homme jamais ne pût compter le nombre,
Ces merveilles peuplant, l'eau, la terre et les airs
Dont la raison s'étonne et règlent l'univers,
Ces objets, qui de Dieu, sont l'essence et la gloire,
Quand vos yeux les voyaient, ne pouviez-vous y croire?

LE CONDAMNÉ.

Les vanités du monde occupaient mes loisirs,
Je cherchais le bonheur dans le sein des plaisirs,
Dédaignant les beautés que la nature étale,
Je buvais à longs traits à la coupe fatale
Pleine de ces plaisirs !... dont le charme trompeur,
En dévorant les jours consume aussi l'honneur.

LE PRÊTRE.

O ! mon fils, répondez? Que reste-t-il dans l'âme,
Quand le flambeau des jours voit éteindre sa flamme?
Si, l'homme a prodigué son temps et sa raison.
Dites-moi, le remord n'est-il pas un poison,
Qui dévorant toujours, sans cesse se rallume
Au fond de notre cœur, que la douleur consume?

LE CONDAMNÉ.

Le malheur à lui seul, mieux que tous les discours,
Des erreurs à venir détournerait le cours,
Si, comme j'ai vécu, je commençais à vivre,
C'est un autre chemin que l'on me verrait suivre.
Si.... mais trompeur espoir, à quoi sert un regret,
Qui naît d'une douleur et meurt par un arrêt !
Je comprends un peu tard que la raison humaine.
S'épure et se grandit au creuset de la peine.

LE PRÊTRE.

La joie énivre l'homme, le plaisir l'affaiblit.
La richesse le perd, le malheur l'ennoblit.
N'avez-vous point mon fils, sous cette voûte sombre
Où le jour à regret ne laisse entrer que l'ombre :
Pendant les longs instants de la captivité,
N'avez-vous pas souvent cherché la vérité ?
Ce mot, que devant vous, ma bouche ici prononce,
Comme certaine fleur se cache sous la ronce ;
Il faut la démêler du branchage épineux
Qui la cache toujours à l'homme soupçonneux.
L'erreur est moins rebelle à l'esprit qui l'envie,
De formes, de couleurs et de grâces suivie,
Elle séduit d'abord et parle en même temps,
Un langage miéleux qui sait ravir les sens :
Voilà, pourquoi, mon fils, jeune on a la faiblesse
De croire et de n'aimer, que ce qui nous caresse.

LE CONDAMNÉ.

Mon père, voyez-vous d'ici ces quelques mots
Écrits sur ce mur noir, témoin de mes sanglots ?

LE PRÊTRE.

Je les vois.

LE CONDAMNÉ.

Lisez-les ?...

LE PRÊTRE.

Vous voulez que je lise,
Des mots qu'à haute voix, veut que dise l'Église !

LE CONDAMNÉ.

O ! mon père, lisez ! c'est ma confession
Écrite avec l'horreur de la réflexion,
Le besoin de tout dire est un besoin extrême
Qu'on ne doit négliger dans un moment suprême,
Mais le moment venu, la crainte quelque fois
Peut trahir la mémoire et faiblir notre voix ;
Voilà, pourquoi j'ai fait d'une main criminelle
Sur ce mur, le récit de ma honte éternelle.

LE PRÊTRE.

Cette précaution annonce trop d'orgueil ;
Le crime est un vaisseau dont la honte est l'écueil.
Recueillez-vous, mon fils, notre saint ministère
Exige que tout cœur s'ouvre à nous sans mystère.

LE CONDAMNÉ.

C'était, pendant l'hiver, et des nuages lourds
Semblaient couvrir Paris sous un dais de velours.
L'horloge, du matin sonnait la troisième heure
Et rien, ne répondait au triste airin qui pleure.
Son dernier tintement se perdait dans les airs,
Comme se perd la note au milieu des concerts.

Je venais de passer une nuit d'insomnie ;
Le crime au fond du cœur, couvait une infàmie,
Car, le hasard, ce Dieu, qu'implore le joueur.
En trompant mon espoir me laissa la fureur !
J'accusais le destin, les cartes elles-même,
Ma bouche proférait les plus grossier blasphèmes,
La colère en un mot grondait, grondait toujours
Le ravisseur de l'or, sort enfin et j'accours
D'abord de loin en loin, je le suis, puis, m'arrête ;
Soit par horreur du mal ou par terreur secrète.
Tantôt, doublant le pas ou m'arrêtant au seuil
D'une porte où baissé, je le suivais de l'œil.
Rempant sur mes genoux, debout glissant dans l'ombre,
Je l'atteignis enfin dans un passage sombre.
Le malheureux s'obstine à vouloir garder l'or,
Que sans un tour de main, chez moi, j'aurais encor.
Prières, ni discours, ni menaces, ni larmes !
Ne peuvent l'émouvoir ! alors, je pris mes armes !
Deux poignards effilés, qui mordaient bien la chair
Et dont l'acier, luisait, comme un sinistre éclair.
Il les voit, il veut fuir ; mais ma main trop pressée
Avait suivi de près, ma fatale pensée !...

LE PRÊTRE.

Mon fils, Dieu, vous a dit : tu ne tueras pas !
Car par ce même fer, l'on descend au trépas.
Éloigné de l'Église et de ses saints préceptes,
Le crime, un jour vous prit, pour l'un de ses adeptes ;
Le Démon de la chair empoisonnant le cœur,
Les vices à vos yeux, parurent sans horreur.

Ah ! la vertu tient mal et perd de sa puissance
Dans un cœur qui n'a plus, la paix et l'innocence,
Et vain jouet du sort, l'homme est un instrument
Qui tombe lacéré sous le fouet du tourment.
Mais une fois lancé sur la fatale route,
Comme un cheval sans frein, il n'est rien qu'il écoute !...
Comprenez-vous, mon fils, toute l'énormité
D'un crime qu'ici bas venge l'humanité ?
Et ce crime toujours d'un poids héréditaire,
Fait peser sur l'enfant, la faute de son père.

LE CONDAMNÉ.

Si le crime devient par le sang éternel,
Mon fils est malheureux, mais non point criminel.
Eh ! depuis quand faut-il que payant de sa tête,
Un père à son enfant doive léguer sa dette ?

LE PRÊTRE.

Le sang n'efface point la honte qu'après soi
Sur le nom survivant imprime notre loi,
Mais Dieu qui veille à tout, prend soin de son enfance,
Il sait du père au fils, faire la différence.
Souvent, par son pouvoir tout providentiel,
Du fils d'un criminel, fait un homme du ciel.

LE CONDAMNÉ.

Que votre saint discours et me charme et me touche
Je crois entendre un Dieu parlant par votre bouche,
A l'heure de ma mort, ce tableau d'un enfant,
Que le monde punit, que Dieu rend triomphant,
Sa clémence infinie et sa miséricorde

Qu'au pêcheur repentant sur la terre il accorde,
Confondent mon orgueil et me font souvenir
Que je suis père encor ; mais pour mieux m'en punir !
Qu'aux sentiments si doux dont tout âme est jalouse
J'avais sacrifié , jeune enfant, jeune épouse .
Pour me livrer hélas ! à ce débordement
Du torrent des plaisirs, qui fuit rapidement :
Mais, sur les flots du temps où toute chose passe
Sans jamais y laisser pour l'homme aucune trace ,
Il est resté debout pourtant la vérité,
Que je vous dis enfin , en toute humilité.

LE PRÊTRE.

Songez qu'il faut , mon fils , qu'au prêtre tout se dise ,
Car , malheur à celui , qui cache ou qui déguise :
Descendez en vous-même et consultez-vous bien ?

LE CONDAMNÉ. (*après un moment de réflexion.*)
Mon père j'ai tout dit.

LE PRÊTRE.

Relevez-vous chrétien !...
Que le Dieu qui punit , que le Dieu qui pardonne
Vous absolve, ô mon fils !

(Un horloge sonne quatre heures).

LE CONDAMNÉ.

Cet horloge qui sonne ,
Dans chaque tintement, fait frissonner mon cœur
Et m'enlève un espoir qui ferait mon bonheur.

LE PRÊTRE.

Qu'exigez, vous parlez?

LE CONDAMNÉ.

Dans ce moment suprême
Pouvez-vous à mes yeux, amener ce que j'aime !

LE PRÊTRE.

J'y cours....

LE CONDAMNÉ.

Se peut-il ! bonheur inespéré !
Que le ciel vous bénisse, ô cœur bien inspiré !

LE CONDAMNÉ (*seul*).

Malheureux ! j'ai longtemps méconnu la puissance
Qu'exerce la vertu... ah ! si dès mon enfance,
J'eusse paisiblement marché dans le chemin
Que mon père en mourant me traça de sa main.
Si, docile à ses vœux, j'eusse mis en usage
Comme lui les vertus qui distinguent le sage.
Si ce temps s'achetait, par des regrets, des pleurs,
Comme dans le printemps l'on achète des fleurs :
Ah ! tout ce qu'aujourd'hui, je regrette ou je souffre,
Aurait dans peu d'instants nivelé tout un gouffre.
Inutiles regrets !... bien plus lourds que mes fers,
Vous surpassez encor, les maux que j'ai soufferts.
Voix du crime ou de l'âme, au monde inaccessible,
Cessez de retentir dans ce cachot terrible !
Ces murs, resteront sourds à la voix du remord,
Comme des froids témoins qu'appelle ici la mort

Au dehors , c'est le bruit , le soleil et la joie
C'est la foule partout , qui roule et se déploie :
Ici , c'est le silence et l'éternelle nuit ,
Compagnons du remord , qui s'y glisse sans bruit.

(Pause d'un moment , vision du condamné).

Il est là ! que veut-il ? ce spectre !... cette tâche !...
C'est du sang !.. c'est le sien !.. oh ! mais je suis un lâche !...
J'ai peur ! oh ! j'ai bien peur !.. pitié ! pitié, mon Dieu !..
Ombre que me veux-tu ? je suis seul en ce lieu ;
Mais bientôt tu verras ta vengeance assouvie,
Car j'aurais de ma vie alors payé ta vie ,
Oh ! tu ne peux savoir ce que souffre mon cœur
Depuis que le remord l'étreint dans son horreur,
J'ai beau fermer mes yeux , que je veille ou je songe.
Dans le meurtre toujours mon esprit se replonge ,
Comme un homme debout sur un roc escarpé ,
Dont le pied mal assis du roc s'est échappé.
Il veut se retenir , mais il chancelle et tombe
Et son œil n'a souvent mesuré qu'une tombe.
Si le crime est bien grand , bien grand est le remord !
Il fait mourir bien plus , qu'on ne meurt de la mort.
Sur mon front amaigri , pâle , osseux et livide
Où le crime a fait naître une profonde ride ,
Quand j'y passe ma main pour en chasser l'horreur,
Je sens claquer mes dents et défaillir mon cœur.
C'est que ma main , alors , tremblante et décharnée
Vient de heurter ces mots : Ta vie est condamnée !
Comprend-on ce que c'est , que mourir jeune encor
Quand pour vivre un vieillard donnerait tout son or ?

Mourir ! quand le printemps fait revivre les roses,
Mourir ! quand pour les cœurs, il renaît tant de choses
Qui font croire au bonheur, à la vie, à l'amour !...
Et puis dire tout bas, toi, tu n'as plus qu'un jour !...
Insensé, pourquoi donc tiendrai-je à l'existence,
Dois-je la regretter ? ai-je quelque espérance ?
L'existence à quoi bon !... quand on est convaincu,
Qu'un homme sans honneur a toujours trop vécu.

*Pause d'un moment, l'on entend au dehors le
bruit du peuple qui entoure la prison.*

Mais, quelle est cette voix, qui siffle, tonne et gronde,
Comme le choc des vents, sur une mer profonde ?
D'où peut venir ainsi, cette sombre clameur ?
Est-ce le peuple enfin, qui se met en fureur ?
Sans doute qu'il attend !... C'est une grande fête
De voir comme un bourreau, fait tomber une tête..
C'est beau que l'échaufaud toujours rouge de sang,
Parmi les goûts humains, vienne prendre son rang !...

L'horloge sonne cinq heures.

Ces cinq notes du temps qui percent les ténèbres,
De mon cœur affligé sont les adieux funèbre...

Le bruit de la foule redouble.

Vain espoir ! dans mon cœur vous luisiez un moment,
Comme un doux météore au bord du firmament ;
Ah ! vous m'abandonnez en ce moment extrême
Et je n'ai pas revu, pourtant, tout ce que j'aime.

*Dans ce moment la porte de la prison s'ouvre, le
geôlier introduit le prêtre, la femme et l'enfant
du condamné, puis l'huissier, qui se tient à l'écart.*

Qu'ai-je dit! ils sont là... Cet espoir m'est rendu !
Au moins c'est le seul bien, que je n'ai pas perdu...

LE PRÊTRE.

Mon fils, je satisfais aux vœux de la tendresse.

LE CONDAMNÉ.

Cher enfant ! digne épouse ! ô vous deux que je presse
Et que je vois ici pour la dernière fois,
Approchez, approchez, je sens faiblir ma voix.
O mon fils ! soyez bon et doux comme ce prêtre,
Que le malheur ici trop tard m'a fait connaître.
Et vous homme de Dieu, veillez sur mon enfant,
Vos préceptes, du mal, le rendront triomphant,
Instruisez-le surtout, par votre saint exemple.
Vous, que par vos vertus, le monde entier contemple,
Taisez-lui mon passé qui le ferait rougir ;
Je vous ai dit mes vœux et c'est à vous d'agir.

LE PRÊTRE.

J'accepte ce dépôt, non sans quelque scrupule ;
Mais plus la tâche est grande et moins mon cœur recule.

L'huissier s'approche, une sentence à la
main, suivi de deux gendarmes.

LE CONDAMNÉ (avec terreur).

Ah !

LE PRÊTRE.

Courage ô mon fils ! cette croix que je tiens,
Un jour conquis le monde et sauve les chrétiens.

Le condamné serre sur son cœur et ses lèvres
la croix que lui présente le prêtre.

LA TOILE TOMBE.

FIN.

TABLE DES MATIÈRES.

FIN DE LA TABLE.